WILD MAGIC

Wilding Pack Wolves 6

ALISA WOODS

2020 Deutsche Übersetzung von Michael Drecker und Carolin Frenser

ISBN: 9798594898738

Cover by Steven Novak

Daniel lässt seine Militärkarriere ruhen, um ein Eliteteam aus Wölfen zu trainieren… doch eine Hexe mit einem wilden Geheimnis war nicht Teil seines Plans.

Daniel Wildings gesamte Familie wird erbarmungslos vom Wolfsjäger gejagt. Daher lässt er sich bei der Armee beurlauben, um den Kampf aufzunehmen und ein Team aus weißen Wölfen zusammenzustellen – Shifter, die Macht über die uralten Hexenkräfte in sich haben. Allerdings bringt die sexy Hexe, die sie für das Training dazugeholt haben, auch in ihm die Magie in Wallung – Magie, die er lieber begraben lassen würde. Aber als er herausfindet, dass die heiße kleine Hexe ebenfalls ein

Geheimnis hat, gibt sein Wolf keine Ruhe mehr und will es unbedingt lüften… nur könnte das, was er entdeckt, in den beiden die wildeste Magie überhaupt entfesseln.

Kapitel Eins

Daniel Wilding war von Dunkelheit umgeben – und das nicht nur im wörtlichen Sinne.

Er umfasste das Lenkrad und fuhr eine Rechtskurve, wobei sein Scheinwerferlicht durch den immer finster werdenden Wald schnitt. Irgendwie wirkte die Dunkelheit Unheil verkündend auf ihn, was aber weniger an der mitternächtlichen Stunde lag, und eher am niederträchtigen Hass des Wolfsjägers, der wieder einmal das Wilding-Rudel angegriffen hatte. Dieses Mal hatte es Daniels Cousine, Zoe Wilding, getroffen, die vor knapp einer Stunde wie durch ein Wunder den Brandbombenanschlag auf ihr Universitätslabor überlebt hatte. Daniel hatte versucht, ihren Vater, Billy Wilding, davon zu überzeugen, dass der Wolfsjäger die beiden früher oder später ins Visier nehmen würde – so wie er es bei den anderen vier Familienzweigen des Wilding-Rudels bereits getan hatte – und dass ihr Genetiklabor einfach nicht gut genug abgesichert war. Aber der Wolfsjäger war Daniel zuvorgekommen und hatte dessen Argumente mehr als deutlich unterstrichen – mit einer Brandbombe, die Zoe fast getötet und ihr gesamtes Labor zerstört hatte.

Daniel warf einen Blick in den Rückspiegel – das Auto, in dem Zoe saß, war immer noch hinter ihm und folgte ihm durch die Berge außerhalb Seattles zum Anwesen des River-Rudels hinauf. Im Augenblick war es dort am sichersten für sie, da gegenwärtig ein ganzer Trupp der mächtigsten Wölfe Mama River und die anderen auf dem Anwesen beschützte. Daniel war froh, dass Zoe sich mit ihrer Umsiedlung ohne großen Protest einverstanden erklärt hatte. Der Typ, der ihr gerade das Leben gerettet hatte – Troy Hartman, ein Feuerwehrmann und ebenfalls Shifter – saß auch im Wagen hinter ihm, um Zoe zum Berganwesen zu fahren und ihr dabei zu helfen, sich dort einzurichten. Troy schien sich dem Kampf gegen den Wolfsjäger unbedingt anschließen zu wollen, und was das anging, war Daniel jede Hilfe willkommen.

Offiziell war Daniel immer noch beim Militär

eingeschrieben, aber er hatte einen längeren Urlaub genommen, um Riverwise – der Sicherheitsfirma, die von den Brüdern des River-Rudels geleitet wurde – zu helfen, seine Familie zu beschützen und den Wolfsjäger aufzuspüren. All die Bombenanschläge und Hassvideos hatten nicht nur das Leben seiner Familie bedroht und deren Namen und Adressen öffentlich gemacht – die Angriffe hatten auch zur Folge gehabt, dass das dunkle Familiengeheimnis der Wildings aufgedeckt wurde.

Der Wolf, der damals in der Generation seines Großvaters das Wilding-Rudel zerstört hatte, war überhaupt kein Wolf gewesen… sondern ein Hexer. Gerüchte darüber hatte es schon immer gegeben, aber als Daniels Bruder Noah sich als weißer Wolf outete – einem Wolfshexer-Mischling mit ungeheuren Kräften – war aus diesen Gerüchten Gewissheit geworden. Daniel hatte Hexen schon nicht gemocht, *bevor* er erfahren hatte, dass ein Hexer für die Zerstörung seiner Familie verantwortlich war – Wölfe und Hexen waren einfach natürliche Feinde. Aber zu wissen, dass er von einem Hexer abstammte… und bei Noah zeigten sich bereits ein paar irre Hexenkräfte… nun, Daniel musste sich erst noch an den Gedanken gewöhnen. Aber das würde ihn nicht davon abhalten, die

Fähigkeiten seines Bruders und der anderen bereits entdeckten weißen Wölfe zu nutzen, um den Wolfsjäger zu erledigen.

Denn dafür würde er alles geben.

Daniel fuhr sein Auto auf den Kiesparkplatz vor dem riesigen zweistöckigen Anwesen des River-Rudels und wartete darauf, dass Zoe und Troy neben ihm parkten. Aus dem Haus strahlte Licht in den umliegenden, dunklen Wald und beleuchtete einige der Umbauten, die Mama River vorgenommen hatte, um das Anwesen zu erweitern – welches zwar jetzt schon gigantisch war, mit Pferdeställen und einigen privaten Hütten hinterm Haupthaus, aber sie wollte unbedingt ein Zeichen gegen die Drohungen des Wolfsjägers setzen und Platz für weitere Wölfe schaffen, damit diese hier wie Troy und Zoe einen sicheren Unterschlupf finden konnten.

Lichter tanzten über die Seitenwand des Hauses und warfen einen unheimlichen, bläulich-weißen Schimmer auf die Baumkronen. Es war verdammt spät, aber Noah und die anderen schienen immer noch beim Training zu sein und zu versuchen, ihre magischen Kräfte zu beherrschen. Die weißen Wölfe waren eine Art Spezialeinheit, die Daniel auf die Beine stellte, und von der weder im Wilding-

noch im River-Rudel viele wussten, ganz zu schweigen von der Öffentlichkeit.

Als Zoe und Troy aus ihrem Auto stiegen, winkte Daniel sie zu sich und führte sie zu dem Feld, auf dem die Trainingseinheiten stattfanden. „Troy, ich dachte, du würdest vielleicht mal sehen wollen, was wir hier so treiben.“ Er lächelte seiner Cousine kurz zu. „Und du hast das glaube ich auch noch nicht gesehen, Zoe.“

Die beiden mussten vollkommen erschöpft sein, aber er vermutete, dass Zoe etwas besser schlafen würde, wenn sie von der Feuerkraft wusste, die sie hier oben am Berganwesen hatten. Zusammen mit Troy folgte sie ihm zum Trainingsfeld seitlich des Hauptgebäudes. Alle drei weißen Wölfe befanden sich draußen in der Mitte der kurz gemähten Wiese. Sein Bruder Noah warf sich mit Kaden – frischgebackener Partner ihrer Cousine Terra und ehemaliger Polizist in Seattle – magische blaue Energiekugeln zu. Der dritte weiße Wolf, Owen Harding, war ein ehemaliger Soldat, der gemeinsam mit Noah in der Armee gedient hatte, bevor die beiden gefangen genommen und von ihrer eigenen Regierung für Experimente missbraucht worden waren. Diese Experimente hatten in ihnen den weißen Wolf hervorgebracht und obwohl Daniel einige derselben Seren bekommen hatte, war ihm davon jeweils nur eine einzige Dosis verabreicht worden – Noah hingegen war über Wochen eingesperrt gewesen und Owen sogar fast ein ganzes Jahr. Diese Tatsache und das Wissen, dass ein weißer Wolfshexer-Hybrid zu seinen Vorfahren zählte, gaben Daniel das Gefühl, eine tickende Zeitbombe zu sein. Einerseits wäre es bestimmt hilfreich, einen weiteren Wolf in der Spezialeinheit zu haben, der blau leuchtende Energiebälle abfeuern konnte, andererseits hatte Daniel *nicht das geringste* Verlangen danach, ein Hexer zu sein. Oder sonst in irgendeiner Weise dem Großvater zu ähneln, der seine Familie zerstört hatte.

Zoes Mund war beim Betrachten des magischen Schauspiels aufgeklappt und Troy sah ebenfalls völlig perplex aus, aber auch für Daniel fand sich eine Überraschung auf dem Feld – *ein Mädchen.* Irgendeine junge, ihm unbekannte Frau stand inmitten seines geheimen Elite-Teams aus weißen Wölfen und gab ihnen offenbar Anweisungen. *Was zur Hölle sollte das denn?*

Daniel beschleunigte seine Schritte, ging an Zoe und Troy vorbei und winkte seinem Bruder zu. Die Zaubershow wurde für einen Moment unterbrochen, damit er die Neuankömmlinge auf den Platz führen konnte. Außerdem wollte Daniel *auf der Stelle* eine Erklärung dafür haben, warum jemand außerhalb der Familie eingeweiht worden war. Noah löste sich aus der Gruppe und trottete zu ihnen herüber, aber noch bevor Daniel eine Erklärung verlangen konnte, eilte sein Bruder an ihm vorbei, um Zoe zu umarmen.

Daniel presste die Lippen aufeinander. Seine Verärgerung sollte gerade *wirklich* zweitranging sein und hinter der Sorge um ihre Cousine anstehen. Natürlich ging Noah mit der Situation besser um als er – sein kleiner Bruder war bei sowas schon immer sensibler gewesen. Er redete mitfühlend auf Zoe ein und entlockte ihr das erste Lächeln, das Daniel seit dem Brandanschlag bei ihr gesehen hatte.

Er wartete geduldig, während sie sich austauschten, und beobachtete dabei heimlich die junge Frau mit der Igelfrisur auf dem Feld. Sie war komplett in schwarz gekleidet und geradezu *winzig*, aber ihre Kurven lagen an genau den richtigen Körperstellen und ließen Daniel das Wasser im Mund zusammenlaufen. Allerdings waren alle hier anwesenden weißen Wölfe gepaart – Noah mit Emily, Kaden mit seiner Cousine Terra und Owen mit seiner anderen Cousine Nova. Es ergab überhaupt keinen Sinn, dass sie so ein verdammt heißes Mädchen mit aufs Feld nahmen, nur um vor ihr mit ihren Fähigkeiten anzugeben.

Was hatte sie hier zu suchen?

Nachdem Noah Zoe etwas aufgebaut hatte, trat er schließlich zurück und deutete aufs Feld, wo Owen und Kaden sich immer noch magische blaue Energiebälle zuwarfen, während das heiße Mädchen ihnen dabei zusah.

„Tja, mit der Feuerkraft hier bekommt der Wolfsjäger bald ein dickes Problem", verkündete Noah der Gruppe. „Wir lernen endlich, wie wir unsere Magie richtig einsetzen, ohne, äh, den ganzen Wald abzufackeln." Sein dämlicher Bruder grinste, als hätte er einen Witz gemacht. Daniel hatte beträchtliche Zeit und Überredungskunst gebraucht, bis Mama River ihnen erlaubt hatte, hier draußen zu trainieren, wobei ihre ersten Versuche, kontrolliert mit der Magie umzugehen, nicht gerade geholfen hatten. *Im Gegenteil.*

„Freut mich zu hören, dass ihr nicht mehr ganz so unberechenbar seid", rief er Noah zu, bevor er mit dem Kopf in Richtung Feld nickte. „Sieht aus, als hättet ihr etwas Unterstützung bekommen." Doch als er einen raschen Blick auf das kurzhaarige Mädchen warf, bemerkte er, dass ihre leuchtend grünen Augen wie ein Laserstrahl auf ihn gerichtet waren. Die Intensität ihres Starrens ließ ihn tatsächlich kurz zusammenzucken, doch er schaffte es, dies zu überspielen, indem er mit ausgestreckter Hand auf sie zueilte. „Ich glaube, wir kennen uns noch nicht. Ich bin Daniel Wilding."

Doch anstatt seine Hand zu schütteln, verzog sie ihre hübschen Lippen zu einem schelmischen Grinsen und malte mit ihrer Hand einen Kreis in die Luft. Als sie sie ihm schließlich mit der Handfläche nach oben entgegenstreckte, schwebte eine beeindruckende Kugel aus blauem, magischem Feuer darüber.

Heilige Scheiße!

„Du solltest etwas vorsichtiger sein, bevor du eine Hexe berührst, Daniel Wilding." Ihr Lächeln war so gefährlich und sexy, dass es ihm fast schon Angst einjagte.

Eine Hexe. Er trat einen Schritt zurück und ließ die Hand sinken. „Ah, alles klar." Hexen konnten einen mit einer einzigen Berührung töten – dafür war kein Energieball nötig – und Hexen und Wölfe kamen nicht gerade gut miteinander klar. Tatsächlich stellten sich seine Nackenhärchen so schnell auf, als wären sie am liebsten geflohen.

Sie lachte auf, als er mit erschrockenem Gesichtsausdruck vor ihrer magiegeladenen Hand zurückwich. Dabei klang ihr neckendes Lachen keineswegs unangenehm für ihn – eigentlich war es sogar ausgesprochen sexy – doch das bescherte ihm erst recht eine Gänsehaut. Er kannte die Geschichten von Shiftern, die von Hexen mit einem Faible für Wölfe verführt und in einem verlockenden Nebel voller Sex gefangen gehalten wurden – Hexen waren unglaublich hübsch, was unter anderem an den Schönheitszaubern lag, die sie anwendeten. Und wenn sie mit ihnen fertig waren, rissen sie dem männlichen Wolf buchstäblich das Herz heraus, um an die darin enthaltene Magie zu kommen.

Er schluckte. Es gab also gute Gründe, warum Hexen und Wölfe nicht miteinander verkehren sollten.

Ihr Lachen wandelte sich zu einem Grinsen. „Schon in Ordnung, Süßer." Sie klatschte in die Hände, wodurch der blaue Feuerball verschwand. Dann überwand sie mit zwei großen Schritten die Distanz zwischen ihnen und tätschelte seine Wange. „Ich bin hier, um zu helfen, nicht, um dir weh zu tun."

Erneut wich er aus ihrer Reichweite, wobei er fast gestolpert wäre und sich langgelegt hätte. Dann schoss er Noah, der sich ihnen unauffällig genähert hatte, einen wilden Blick zu. Was zur Hölle hatte sich sein Bruder dabei gedacht, eine Hexe hierherzubringen? Und dazu noch eine, die anscheinend absolut fahrlässig mit dieser *tödlichen Berührungssache* umging.

„Das ist Skylar Starling“, sagte Noah mit einer ausladenden Handbewegung in ihre Richtung, als hätten sie tagtäglich eine Hexe beim Training dabei. „Kaden hat sie aus einem der Hexenzirkel in der Innenstadt rekrutiert.“

„Rekrutiert?“, sagte Skylar mit hoher Stimme. „Mir wurde gesagt, dass es hier in den Bergen heiße Shifter gäbe, denen ich ein paar Zaubertricks beibringen könnte. Da war nicht viel Überzeugungsarbeit nötig.“

Oh Gott. Daniel warf Noah einen Blick zu, aber der grinste nur. Auch Zoe lächelte. War er etwa der Einzige, der es tatsächlich *gefährlich* fand, dass eine Hexe in ihrem Wolfsrudel herumschnüffelte? Klar, in Noah steckte auch ein Stück Hexenmagie, aber er war in erster Linie *ein Wolf* – dieses Hexenzeug war irgendwo in seiner DNA vergraben und gab ihm ein paar zusätzliche Kräfte und ein beeindruckend weißes Fell, trotzdem war er allem voran ein Shifter. Die Hexenzirkel in der Innenstadt hingegen waren eine Brutstätte der dunklen Künste, voller verführerischer Hexen, die nur darauf warteten, einen ahnungslosen Wolf in den Tod zu locken.

„Komm schon, Daniel", sagte Skylar mit einem Lächeln, das ihn fast aus der Balance brachte. „Warum machst du nicht mit?" Sie wedelte mit ihren zarten Fingern in Richtung der anderen drei weißen Wölfe, als wären sie bereits bestens befreundet.

„Ja, *Daniel*", sagte Noah lachend. „Warum lässt du Skylar nicht deinen inneren Hexer herauskitzeln?"

„Halt die Klappe." Doch am liebsten hätte er *Was soll die Scheiße, Noah?* gesagt. In Daniel mochte womöglich ein Hexer schlummern, aber den wollte er ganz bestimmt nicht heraufbeschwören – und auch noch dieser elfenhaften Hexe davon zu erzählen, schrie förmlich nach Ärger. Obwohl, wenn sie mit Empfehlung von Kaden kam… Daniel betrachtete sie nochmal genauer. Kaden hatte während seiner Zeit bei der Polizei öfters mit Hexen zusammengearbeitet. Und Daniel wusste, dass nicht *alle* von ihnen Herzen fressende Monster waren. Wenn Kaden sie ausgewählt hatte, um das Team zu unterstützen, sollte Daniel sich vielleicht nicht so anstellen und darüber hinwegkommen.

Doch dann tänzelte sie zum ihm herüber und

ergriff seine Hand. „Keine Sorge, ich beiße nicht, versprochen."

Sein Herz blieb schlagartig stehen. Als sie ihn berührte, verspürte er eine Art elektrisches Knistern, das aber nicht unangenehm war – eigentlich fühlte es sich sogar *sehr gut* an, wie ihre kleine Hand über seine strich. Ihre Berührung sandte kleine Lustimpulse durch seinen Körper, die weit über die angenehme Wärme ihrer Haut, ihre sanften Finger, mit denen sie seine Handfläche hochhielt, oder diesen unverschämt sexy Blick ihrer grünen Augen hinausgingen. Seine Lippen bewegten sich, aber er brachte keine Worte heraus. Was machte sie da nur mit ihm? Verhexte sie ihn etwa?

Doch bevor er das hätte laut aussprechen können, beantwortete sich seine Frage von selbst. Sie hielt seine Hand hoch und ließ ihre darüber gleiten… und plötzlich erschien ein kleiner blauer Lichtball, der über seiner Handfläche schwebte.

Fasziniert starrte er die Kugel an.

Skylar grinste. „So schlimm ist es gar nicht, stimmt's?"

Sollte es aber sein… Doch irgendwie machte ihre Berührung es weniger schlimm. Und diese Augen erst…

Seine Cousine Zoe sagte irgendwas, aber das

bekam er nicht mit, da Skylars leuchtend grüne Augen ihn immer noch in ihren Bann zogen. Was war das für eine Magie? Als er sich umdrehte, sah er, dass Noah Zoe und Troy zum Haupthaus brachte. Und das war wohl auch besser so – sie mussten erstmal ankommen und sich einrichten. Und Daniel musste herausfinden, was es mit dieser… *Hexe* auf sich hatte.

Sie löste die Magie über seiner Handfläche auf und ließ ihn los. Das schwache, angenehm prickelnde Gefühl verflüchtigte sich. Hatte sie ihn gerade mit irgendeinem Zauber belegt? Zumindest hatte es sich sehr stark danach angefühlt… aber er vermisste dieses Gefühl bereits. Sehnte sich sogar danach. *Verrückt.* Er blinzelte immer noch verwirrt, als Kaden und Owen zu ihnen herübergeschlendert kamen und schmunzelnd Daniels offensichtliches Unbehagen registrierten.

„Hey, danke für die Warnung“, knurrte er sie an. „Wie wär’s, wenn ihr mir nächstes Mal Bescheid sagt, bevor ihr jemand Neues mitbringt?“

„Bitte was?“, sagte Owen und sein Texasakzent kam hervor. „Du warst damit beschäftigt, dich um deine Familie zu kümmern, Partner. Wir wollten es dir morgen früh sagen. Sind einfach noch nicht dazu gekommen, das ist alles.“

Daniel runzelte die Stirn. Vielleicht hatte er wirklich überreagiert. Offensichtlich hatten sie schon eine ganze Weile vor seiner Ankunft auf dem Feld geübt, ohne dass jemand zu Asche verfallen oder seines Herzens beraubt worden war. Owen sah leicht beleidigt aus und Kaden schaute ihn an, als hätte Daniel nicht mehr alle Tassen im Schrank.

Daniel räusperte sich und wandte sich dann Skylar zu. „In Ordnung. Ich schätze, was die magischen Dinge angeht, können wir wirklich etwas Hilfe gebrauchen. Aber wie genau wollt ihr das anstellen?"

„Ach, deine Jungs sind wahre Naturtalente." Sie grinste und warf ihnen einen koketten Blick zu. „Und ihre Magie ist definitiv *wild*."

Er sah Kaden und Owen verkniffen an. „Sie brauchen keine Ermutigung dazu, den Wald niederzubrennen. Sie müssen lernen, ihre Magie zu *kontrollieren*."

„Na gut, ihr habt den Chef gehört", verkündete Skylar, wobei sich ihr Grinsen zu einem aufrichtigen Lächeln wandelte. „Dann bleiben wir erstmal dabei, den Umgang mit eurer Magie zu üben, bevor ihr wilden Kerle etwas Fortgeschritteneres ausprobiert." Sie wandte sich wieder Daniel zu.

„Was ist mit dir, du heißer Typ? Bereit für ein paar Privatstunden?“

Das sorgte für leises Kichern, aber Daniel hatte bereits abwehrend die Hände erhoben. „Nein, danke. Kein Bedarf.“

„Selbst schuld.“ Sie ließ ihre hübschen grünen Augen über seinen Körper wandern, was ihm Hitze in mehrere Körperregionen trieb, einschließlich seiner Wangen. Was war nur mit ihm los? Warum reagierte er dermaßen heftig auf einen einfachen Blick dieses Mädchens? Dann kehrte sie ihm den Rücken zu. „Okay Jungs, der letzte Durchgang für diese Nacht. Und morgen früh geht's dann weiter.“ Leichtfüßig tänzelte sie zurück in die Mitte des Feldes und Daniel konnte nicht anders, als ihr hinterherzusehen. Der Anblick ihres kleinen, kurvigen Hinterns ließ seine Hände jucken – als wollten sie eine Handvoll *davon* in dieser engen schwarzen Hose zu fassen bekommen. Was einfach *verrückt* war. Sie war eine *Hexe*, verdammt nochmal. Der Inbegriff vom Spiel mit dem Feuer.

„Soll ich dir was bringen, um den Sabber abzuwischen?“ Kaden konnte sein Lachen kaum unterdrücken.

„Fick dich“, entgegnete Daniel missmutig.

Jetzt lachte Kaden laut auf und joggte dann zu

Owen herüber, der bereits aufs Feld hinauslief. Skylar hatte zwei blaue Energiebälle heraufbeschworen, die sie ihnen nun zuwarf und damit die magische Version des Spiels *Heiße Kartoffel* begann, bei dem sie die knisternden Bälle abwechselnd auffingen und dann weiterschleuderten. Die drei fanden schnell ihren Rhythmus, der beeindruckend zeigte, wie geschickt sie mittlerweile mit ihrer Magie umgingen. Kaden schien die richtige Entscheidung getroffen zu haben, Skylar mit ins Boot zu holen – Daniel hatte die Jungs noch nie so gut mit ihrer Magie umgehen sehen wie heute Nacht.

Und ihre Fähigkeiten mussten absolut erstklassig sein, wenn sie den Wolfsjäger aufhalten wollten.

Aber das bedeutete nicht, dass es Daniel nicht immer noch äußerst nervös machte, dieses Mädchen in seiner Nähe zu haben, selbst wenn es nur an der Art und Weise lag, wie sein Körper auf sie reagierte – aufgedreht, angespannt, und mit knisternder Leidenschaft. Was zum Teufel war da passiert, als sie sich berührt hatten? Er hatte keine Ahnung… doch wenn er klug war, würde er die gefährliche Magie, die dahintersteckte, zukünftig meiden. Und wenn Daniel Wilding sich um eines bemühte, dann darum, *klug* zu handeln.

Aber er konnte bereits das Verlangen spüren, sich ihnen anzuschließen – auf dem Feld zu bleiben und ihnen zuzusehen, nur um noch einmal in den Genuss ihres flirtenden Blicks zu kommen. Doch stattdessen kehrte er ihnen entschlossen den Rücken zu und ging zum Haupthaus zurück. Der einzige Ort, an dem er gefahrlos elektrisierende Begegnungen mit Skylar Starling haben konnte, lag in seinen Träumen… und selbst dabei war er sich nicht sicher, ob sie nicht zu Alpträumen werden würden.

Kapitel Zwei

Skylar rannte durch den Wald, als wäre der Teufel höchstpersönlich hinter ihr her.

Es war noch so früh am Morgen, dass die Sonne gerade erst über den Berggipfeln aufging. Das rosarote Licht drang langsam durch die Bäume, aber der Großteil des Waldes war noch in Dunkelheit gehüllt. Sie hatte ein paar glühwürmchenähnliche Lichter herbeigezaubert, die um sie herumschwirrten und ihr den Weg leuchteten, der sich nun wie ein mit magischem Feenstaub überzogener Waldpfad vor ihr erstreckte – und hoffentlich verhindern würde, dass sie stolperte und sich hier mitten im Nirgendwo ein Bein brach. Die anderen Hexen ihres Hexenzirkels würden sie auslachen, wenn sie sehen würden, wie sie hier wie ein normaler Mensch in ihren Nike-Tennisschuhen und der Yogahose herumjoggte, aber sie liebte diesen Adrenalinrausch. Und hier im frühmorgendlichen Wald war es einfach herrlich – nichts in der Stadt konnte da mithalten. Außerdem würden sich ihre Hexenschwestern über weit mehr als ihre Vorliebe fürs Laufen wundern, wenn sie die Wahrheit über sie wüssten.

Sie hatte drei Gefallen einlösen und zweimal recht unverblümt mit magischen Vergeltungsmaßnahmen drohen müssen, um hier hochkommen und Kaden mit seinem geheimen Rudel magischer Wölfe helfen zu können. Denn seit sich Grace Krepky, die erste bekennende Shifterin, die für das Repräsentantenhaus kandidierte, öffentlich als weiße Wölfin geoutet hatte, war die Hexengemeinschaft ganz scharf darauf, zu erfahren, was genau das zu bedeuten hatte. Der weiße Wolf war ein magisches Wesen, das aus einer Zeit stammte, in der Hexen und Wölfe noch keine separaten Spezies gewesen waren. Es gab einen Grund, warum es so wenig weibliche Wölfe und so wenige männliche Hexen gab. Hexen und Wölfe waren ursprünglich die zwei Hälften ein und desselben magischen Wesens gewesen – eines Wesens, das sowohl shiften als auch zaubern konnte. Irgendwann vor langer

Zeit hatte sich diese Spezies dann aufgeteilt – in Frauen mit vorwiegend weiblichen, magischen Kräften, und in Männer, die den männlichen Aspekt verkörperten und zu Shiftern geworden waren. Natürlich waren Wölfe nicht die einzigen Shifter, aber sie waren von Natur aus gesellig, lebten in Rudeln und hielten sich durch ihre starke Ähnlichkeit mit den Menschen generell häufiger in der Öffentlichkeit auf.

Skylar duckte sich unter einem tiefhängenden Ast hindurch und nutzte eine kleine Magiesalve, um einen umgefallenen Baumstamm aus dem Weg zu räumen, der in den Farnen neben dem Waldpfad landete. Sie lief weiter, während ihr Atem kleine Wölkchen in die frühe Morgendämmerung warf. Gierig saugte sie die frische Morgenluft ein und mit ihr all die wunderbaren Gerüche der verschiedensten Lebewesen – die kleinen Tierchen, die gewaltigen Nadelbäume und sogar der schwache, modrigen Duft verrottender Blätter waren allesamt wunderbar für sie. Diesen Teil von ihr würden ihre Hexenschwestern nie verstehen – und wahrscheinlich würden sie sich sogar regelrecht feindlich verhalten, wenn sie wüssten, was sie wirklich war.

Skylar hielt schlitternd an und verscheuchte die feenartigen Lichter vor sich, sodass sie jetzt im

Schatten der mächtigen Kiefern stand, die hoch über ihr emporragten. Sie hatte nicht die geringste Ahnung, wo sie war. Aber nach Hause zu finden würde lediglich einen einfachen Suchzauber erfordern, daher beunruhigte sie dieser Umstand nicht. Wichtig war jedoch, dass sie tief genug in der Wildnis war, um von niemandem entdeckt zu werden, wenn sie sich der einen Sache hingab, die sie schon machen wollte, seit sie sich bereiterklärt hatte, dem Team aus magischen weißen Wölfen zu helfen.

Denn sie war ihnen ähnlicher, als sie ahnten.

Als es irgendjemand ahnte. Denn sie hatte ein sorgsam gehütetes Geheimnis, das sie nicht einmal ihrer Mutter, der hochrangigen, reinblütigen Hexe, die den Hexenzirkel regierte, anvertraut hatte. Und auch nicht ihrem Vater – ebenfalls ein reinrassiger Hexer und ein seltenes männliches Exemplar, der sich zu ihrer mächtigen Mutter hingezogen gefühlt hatte. Sollte der Zirkel ihr Geheimnis erfahren, wäre die Tatsache, dass sie Schande über ihre Familie bringen würde, bei Weitem nicht ihr einziges Problem. Irgendeine Hexe mit dunklen Kräften würde ihre magische Besonderheit sicherlich als zu wertvoll empfinden, um sie mit dem Leben davonkommen zu lassen.

Denn Skylar war ein Wolf.

Ein *weiblicher* Wolf. Und es gab Hexen, die Wölfe wegen der Magie in ihren Herzen jagten, wobei weibliche Wölfe besonders wertvoll waren. Wenn man noch hinzunahm, dass sie selbst eine Hexe war… bedeutete das riesige Schwierigkeiten.

Abgesehen davon, dass sie zugleich Hexe und Wölfin war, gab es nichts besonders Außergewöhnliches an ihr. Sie war kein so majestätisch weißer Wolf wie die Männer, die sie letzte Nacht trainiert hatte. Ihre Shifter-Seite war eine einfache, ja sogar etwas dürre, schwarze Wölfin. Entdeckt hatte Skylar das während ihrer Pubertät, in der die meisten Hexen ihre Kräfte bekamen. Natürlich hatte sie alle grundlegenden Zauber schon lange davor gelernt – elementare Magie, die jede Hexe, selbst eine halbblütige, beherrschen konnte. Die wahre Kraft einer Hexe entfaltete sich aber erst dann, wenn sie eine Frau wurde. Zum Glück war Skylar alleine in ihrem Zimmer gewesen, als sie herausgefunden hatte, dass sie shiften konnte.

Skylars vom Laufen schwerer Atem hatte sich so weit beruhigt, dass sie lauschen konnte, ob sich irgendjemand in der Gegend befand, der ihr unerwartet über den Weg laufen könnte. Sie bekam nur selten die Gelegenheit, zu shiften. Tatsächlich war sie erst zweimal geshiftet, seit sie vom Mädchen zur jungen Frau herangewachsen war.

Das erste Mal war es passiert, als sie sich bei einer ausgelassenen magischen Spielerei mit ihren Freunden erschrocken hatte. Sie war schnell zurückgeshiftet und hatte panische Angst bekommen, doch der Göttin sei Dank hatte damals niemand ihr Geheimnis entdeckt. Das zweite Mal shiftete sie absichtlich, während sie alleine in den Bergen unterwegs war. Der Wald hatte nach ihr gerufen – sie hatte ein tief verwurzeltes Bedürfnis verspürt, sich mit der Natur zu verbinden, das sie einfach nicht länger hatte leugnen können. Zwei wundervolle Tage lang war sie als Wölfin herumgestreift, nur um dann festzustellen, dass die sehnsüchtigen Schmerzen in ihr nicht einfach nur das Verlangen danach waren, durch den Wald zu laufen – in Wirklichkeit sehnte sich ihre innere Wölfin nach einem Rudel.

Nach einem Partner. Und diese schmerzende Einsamkeit hatte so tief in ihr gesessen, dass sie sie kaum für echt gehalten hatte. Dabei war es nicht so, als hätte sie keine Freunde – davon hatte sie reichlich. Liebhaber ebenfalls, obwohl es bis jetzt immer Menschen gewesen waren – abgesehen von diesem einen Hexer, der sich durch ihren Hexenzirkel geschlafen hatte. Jede der Hexen war scharf auf die Erfahrung gewesen, mit einem reinblütigen Hexer zu schlafen, doch dieser war schnell weitergezogen, als er keine geeignete Lebensgefährtin fand. Doch nichts davon kam ihrer schmerzhaften Sehnsucht nach der Wolfsversion dessen gleich – der Sehnsucht *nach einem Partner*.

Doch das war etwas, das sie niemals haben würde.

Selbst ihre Reise in die Wälder, um ihre Wölfin freizulassen, war in einer Katastrophe geendet. Als sie zurückgekehrt war, hatte sie sich einem ernsten Verhör und einer Menge misstrauischer Fragen stellen müssen. Hexen, die alleine reisten, verhielten sich in den Augen des Hexenzirkels verdächtig. Hatte sie etwa irgendwelche Allianzen geschmiedet? Was hatte sie in die Berge gezogen?

Keine normale Hexe will so viel Zeit alleine verbringen… außer, sie führt etwas im Schilde.

Das war die – nicht einmal böse gemeinte – Warnung ihrer Mutter gewesen.

Daraufhin hatten Skylar und ihre Nike-Sportschuhe sich bei ihrem schrulligen Hobby auf ungefährliche Joggingeinheiten in Seattles Hafengebiet und den Stadtparks beschränkt. Hexen waren ein argwöhnischer Haufen, aber solange man innerhalb der abgesteckten Grenzen des Hexenzirkels blieb, durften man seine Eigenarten relativ ungestört ausleben.

Skylar atmete einen weiteren herrlichen Schwall Bergluft ein. Mit Shifter-Wölfen zu spielen und dabei magisches Feuer durch die Gegend zu werfen… das war für sie wie der Himmel auf Erden. Schon beim Gedanken an die nächste Trainingseinheit heute machte ihr Herz einen Satz. Und sie hatte so schnell das Vertrauen der Wölfe gewinnen können – die sie weder hassten, noch ihr irgendwelche bösen Absichten unterstellten. Nicht, dass sie ihnen verraten konnte, dass sie eine von ihnen war, aber ihre innere Wölfin summte förmlich, wenn sie sich in ihrer Nähe befand. Alleine bei ihnen zu sein, stillte ein Bedürfnis tief in ihrer Seele.

Doch dann war Daniel Wilding aufgetaucht.

Und war ihr gegenüber nicht nur von Anfang an misstrauisch gewesen – zu allem Überfluss war er auch noch köstlich heiß. Mit dieser straffen, majestätischen Körperhaltung als Resultat seiner militärischen Ausbildung, seinem zerzausten schwarzen Haar und diesen stechend blauen Augen, hatte er jegliche Flirtimpulse in ihr ausgelöst, die sie je besessen hatte. Es war so plötzlich und intensiv über sie gekommen, dass sie nicht anders gekonnt hatte, als zu ihm zu gehen und diesen Mann zu *berühren* – was ihm augenblicklich einen gehörigen Schrecken eingejagt hatte. Und das zurecht.

Das war wirklich sehr dumm von ihr gewesen. Er war der Anführer der Gruppe, auch wenn er selbst kein weißer Wolfshexer. *Vielleicht nicht.* Seinem Bruder zufolge besaß er zumindest das Potenzial dazu. So oder so konnte sie es sich nicht leisten, Daniel Wilding zu verärgern und von ihm fortgeschickt zu werden. Anscheinend hatte sie eine solche Katastrophe vergangene Nacht verhindern können, aber für den Fall, dass er heute mit dem neu gefassten Entschluss aufwachen sollte, ihren kleinen Hexenhintern aus ihrem geheimen Weiße-Wölfe-Team und somit auch aus diesem Zufluchtsort in den Bergen zu schmeißen, war sie noch vor dem ersten Vogelgesang aufgestanden, um eine Runde laufen zu gehen… es könnte ihre letzte Gelegenheit dazu sein.

Skylar stand einen weiteren Moment still und lauschte den süßen Klängen der Natur, die mit ihrer inneren Wölfin sprach. Ihr Atem ging mittlerweile so ruhig, dass sie sogar die kleinen Tierchen hören konnte, die sich durch den Blätterteppich kämpften.

Es war soweit.

Sie war tief in das riesige Waldgebiet der River-Familie vorgedrungen und sollte nun weit genug vom Berganwesen entfernt sein, um es riskieren zu können. Ihre innere Wölfin hüpfte aufgeregt in ihr herum, ganz wild darauf, endlich herauszukommen – Skylar hatte schon befürchtet, bei dem ganzen Training mit den weißen Wölfen irgendwann versehentlich zu shiften. Es war also besser, jetzt den Druck abzulassen, wenn niemand zuschaute.

Mit einem tiefen Atemzug shiftete sie und ließ ihre Sportklamotten neben einen kleinen Felsbrocken liegen. Sie landete auf allen Vieren, ihre Pfoten tief in den Farnen. Wie immer, wenn sie in ihrer Wolfsgestalt war, verschärften sich ihre Sinne – sie hatte es erst wenige Male erlebt und das letzte Mal war schon sehr lange her, aber ihre Erinnerungen daran wurden sofort wieder wachgerufen. Mit ihrem gesteigerten Geruchssinn konnte sie nun mit Leichtigkeit die Maus unter dem Holzstamm zu ihrer Rechten sowie den Blauhäher auf dem Baum zu ihrer Linken riechen. Und ihr geschärfter Hörsinn nahm jedes noch so kleine Blätterrascheln wie ein eigenes Lied wahr. Darüber hinaus verspürte sie den unbändigen Drang, durch den Wald zu toben und ihre lang vernachlässigten Shifter-Muskeln zu beanspruchen.

Wie aus der Pistole geschossen raste sie los, flitzte mit sorgloser Hingabe davon, sprang über Felsen und Holzstämme und sogar über einen umgefallenen Baum, der wie eine Brücke über einem winzigen Bach lag. Selbst ohne magischen Schub war sie erstaunlich schnell. Ihre Wölfin stürmte durch den Wald, als wäre jedes Hämmern ihrer Pfoten auf dem Waldboden eine Belohnung für all die Zeit, in der sie verschwiegen hatte, was sie wirklich war.

Sie rannte und rannte und rannte… sie hätte den ganzen Tag so weitermachen können. Mit jeder Minute, die verstrich, dehnten sich ihre Lungen weiter aus und eine ungewöhnliche Ruhe legte sich über ihren Verstand. Das hier fühlte sich nach *Zuhause* an. Es war zwar kein *Rudel*, doch das würde sowieso eine leere Stelle in ihrem Inneren bleiben, die niemals ausgefüllt werden konnte. Und plötzlich blitzte Daniel Wildings Gesicht in ihrem Geiste auf und ließ sie ruckartig anhalten.

Partner, sagte ihre Wölfin.

Bist du irre?, gab sie zurück. Sie war es nicht gewohnt, dass ihre Wölfin ihre Gedanken so klar zum Ausdruck brachte. Ja, Daniel war ein Wolf und definitiv auch ein Alpha – aber so etwas wie einen Partner würde sie niemals haben. Einen festen Freund vielleicht. In Anbetracht des Status, den ihre Mutter im Hexenzirkel innehatte, vielleicht sogar einen Hexer – Skylar hatte bereits von etlichen angesehenen Hexern den Hof gemacht bekommen, war aber – bis auf das eine Mal – nie darauf eingegangen, weil sie hartnäckig darauf bestand, dass sie noch lange nicht soweit war, sich festzulegen. Es gehörte zu den Privilegien einer jeden Hexe, sich lange und ausgiebig auszutoben, bevor sie überhaupt nur daran dachte, sich auf Lebzeiten zu binden – für eine Hexe war das nämlich eine ziemlich lange Zeit.

Aber einen *Partner* zu haben… das war etwas vollkommen anderes.

Skylar hatte ihre Hausaufgaben gemacht – sie wusste, dass Wölfe sich lebenslänglich und mit Hilfe eines magischen Bundes paarten, der sie in das Rudel integrierte und mit dessen Mitgliedern verband. Doch so etwas existierte in der Hexenwelt nicht und deshalb würde sie ewig dieses Loch in ihrem Herzen haben, das sie selbst dann nicht stopfen konnte, wenn sie sich irgendwann für eine feste Beziehung entschied.

Diese düsteren Gedanken verdarben ihr den Lauf.

Sie starrte auf die gefallenen Blätter unter ihren Pfoten und die nebeligen Spuren ihres heißen Atems, der aus ihrem Maul strömte, und ihr wurde klar… dass das hier alles war, was sie je haben würde. Kurze Momente der Freiheit, wenn sie allein war und nicht beobachtet wurde. Sie sollte diese Momente auskosten, anstatt Dingen nachzutrauern, die sie niemals haben würde. Sie wollte gerade eine andere Richtung einschlagen, als sie plötzlich ein Geräusch hörte—

Sie erstarrte.

Da war ein Geruch… ein *neuer* Geruch… ein *Wolfs*geruch…

Panik schoss durch ihren Körper. Sie wirbelte herum, sah sich in alle Richtungen um und versuchte, die Geruchsquelle ausfindig zu machen, doch die befand sich nicht in ihrem direkten Blickfeld. Noch nicht. Aber sie konnte ihn näherkommen hören – und ihr Gehirn ordnete den Geruch jemandem zu.

Daniel Wilding.

Die Panik in ihr stieg weiter an. Rasch vollführte sie einen Suchzauber, um sowohl Daniel als auch ihre Klamotten aufzuspüren, die sie im Wald liegengelassen hatte. Da sie sowohl ihn als auch ihre Kleidung erst kürzlich noch angefasst hatte, brauchte sie das Pulver nicht, das normalerweise nötig war, um diesen Zauber anzuwenden – Daniel kam schnell näher und sie würde es auf keinen Fall rechtzeitig zurückschaffen. Sie brach den Zauber ab und shiftete zurück in ihre Menschengestalt – nur Sekunden bevor er in seiner Wolfsform hinter einigen kleineren Eichen auftauchte, die immer noch Blätter trugen und ihr dadurch die Sicht versperrt hatten.

Sie war nackt.

Splitterfasernackt. Sie stand in voller Größe – wobei man bei ihrer zarten Statur nicht gerade von *groß* sprechen konnte – und ohne Klamotten mitten im Wald. Und weit, sehr weit von dem Ort entfernt, an dem sie jetzt eigentlich hätte sein sollen. Sie konnte den genauen Moment erkennen, in dem Daniel sie erblickte – plötzlich bremste er unbeholfen schlitternd ab, fast so, als könnte er nicht schnell genug anhalten. Er kam nur wenige Meter vor ihr zum Stehen und starrte sie mit seinen großen blauen Augen an. Sein Maul stand offen, seine Zunge hing heraus und die Anstrengung von seinem Lauf ließ ihn hecheln.

Sie wusste, dass das ganz normal für Wölfe war,

aber sie konnte trotzdem nichts gegen die Hitzewelle unternehmen, die sie erfasste, als Daniel ihren nackten Körper mit offenem Maul anstarrte.

Sie ballte die Fäuste und nahm all ihren Hochmut zusammen – schließlich war sie Mitglied eines der mächtigsten Hexenzirkel der Stadt. Hochmut war eines der Dinge, die sie im Überfluss besaß. Sie reckte das Kinn empor und drückte ihre kleinen Brüste in die kühle Morgenluft, als wollte sie ihn herausfordern, sie anzusehen.

Daraufhin weiteten sich seine Augen noch mehr und er ließ sich unsanft auf sein Hinterteil plumpsen, während er sie weiterhin anglotzte.

„Ich war bloß joggen!“, behauptete sie, stemmte die Arme in ihre – sehr nackten – Hüften und sah ihn an, als sollte er es ja nicht wagen, ihre Geschichte infrage zu stellen.

Er blinzelte nur.

Warum antwortete er ihr nicht?

Sie stapfte auf ihn zu und ihre nackten Füße ließen die gefallenen Blätter noch geräuschvoller knistern. „Hast du ein Problem damit?“

Er verharrte weiterhin an Ort und Stelle und seine Augen wurden immer größer, je weiter sie sich ihm näherte.

„Was ist? Hast du noch nie jemanden gesehen,

der nackt laufen geht? Hexen machen alle möglichen Dinge nackt.“ Gütiger Himmel, was faselte sie da für einen Unsinn. Sie musste aus dieser Nummer rauskommen, und zwar schnell.

Aber warum sagte er nichts?

Dann schlug sie sich innerlich mit der Hand vor den Kopf. Er war doch immer noch in seiner Wolfsgestalt! Und wenn er shiftete, würde er genauso nackt sein wie sie. Aber ohne zu shiften, konnte er nicht mit ihr sprechen.

Dass er sich hartnäckig weigerte, vor ihr zu shiften, zeigte ihr, dass seine Angst davor, nackt mit ihr im Wald zu stehen, seine Neugier überwog, herauszufinden, warum sie hier war. Diese Erkenntnis brachte ihren gesamten Körper dazu, sich wieder zu entspannen, und ließ ihr Selbstvertrauen zurückkehren.

„Also“, sagte sie und sah zu ihm herab. „Wie ich sehe, bin ich nicht die Einzige, die gerne frühmorgens laufen geht.“ Dann schlenderte sie auf ihn zu, wobei sie bewusst die Hüften schwingen ließ – und seine Augen folgten dieser Bewegung, bevor er wieder zu ihr hochsah.

Sie schmunzelte. Dann beugte sie sich vor und streckte eine Hand aus, um ihm über den Kopf zu streicheln. Er zuckte zurück und wich mit einem tiefen Wimmern in seiner Brust aus ihrer Reichweite.

Oh, Scheiße. Sie zog ihre Hand zurück. „Ich, ähm… wollte nur sehen, wie sich dein Fell anfühlt."

Oh, möge ihr die Göttin beistehen. Sie sollte jetzt augenblicklich ihren Mund halten und abhauen.

„Wie auch immer", sagte sie viel zu fröhlich, „ich mache mich jetzt auf den Rückweg. War schön, dich zu treffen, Daniel."

Sie kehrte ihm den Rücken zu und schwang absichtlich die Hüften, während sie durch den Wald stapfte und etwas Abstand zwischen ihnen schaffte. Ohne sich umzusehen betete sie zur Göttin der allmächtigen Hexenmagie, dass er jetzt nicht beschloss, dass sie zu labil, verrückt oder einfach zu gefährlich war, und sie wegschickte.

Erst als sie wieder bei ihren Klamotten war und sich diese überstreifte, realisierte sie… *dass sie ihn mit seinem Namen angesprochen hatte.*

Sie hatte ihn noch nie zuvor in seiner stolzen, schwarzen Wolfsgestalt gesehen. Sie hätte auf keinen Fall wissen können, dass er sich dahinter verbarg. Sie hatte ihn nur anhand seines Geruchs erkannt… und eine Hexe wäre dazu nicht in der Lage gewesen.

Scheiße.

Wütend zog sie sich ihre Schuhe an und marschierte zum Anwesen zurück. Vielleicht hatte sie die ganze Sache schon vermasselt. Sie musste sich einfach eine gute Ausrede einfallen lassen – zum Beispiel irgendeine seltsame Hexenkraft, die erklärte, warum sie ihn in seiner Wolfsgestalt erkannt hatte. Und von sich aus würde sie diesen Vorfall sowieso nicht erwähnen, es sei denn, er sprach sie darauf an.

Mit ein wenig Glück würde er sie trotzdem bleiben lassen.

Kapitel Drei

Heilige Scheiße, ist diese Frau hübsch.

Das war so ziemlich der einzige Gedanke, der Daniel den Morgen über durch den Kopf ging. Nachdem er erst allein unterwegs gewesen war, hatte er die drei weißen Wölfe bei ihrem täglichen Morgenlauf durch den Wald begleitet und Troy ebenfalls mitgenommen. Daniel quetschte ihn ein wenig über seine Absichten bezüglich Zoe aus, aber Troy schien ein durch und durch aufrichtiger Kerl zu sein. Später war der Bürgermeister vorbeigekommen, um nach Zoe zu sehen, was Daniel kurzzeitig alarmiert hatte, doch für einen Menschen wirkte der Mann recht anständig – immerhin unterstützte er eine andere weiße Wölfin, Grace Krepky, bei ihrer Kandidatur für das Repräsentantenhaus.

Dann hatte Daniel auf dem Armeestützpunkt vorbeischauen müssen, an dem er eigentlich stationiert war – er war zwar aktuell beurlaubt, musste aber während seiner Abwesenheit auf dem Laufenden bleiben. Als er es endlich zurück zum Berganwesen schaffte, war es bereits später Nachmittag und Zeit für die nächste Trainingsrunde mit den weißen Wölfen.

Doch bei all dem spukte ihm das Bild von Skylars kessem kleinem Körper durch den Kopf, wie sie nackt und mit steifen Brustwarzen mutig vor ihm gestanden hatte.

Hexen machen alle möglichen Dinge nackt.

Du lieber Himmel. Er hatte den halben Morgen gegen einen Ständer ankämpfen müssen. Er rieb sich mit der Hand übers Gesicht, während er auf den Parkplatz vor dem Berganwesen fuhr und versuchte, diesen Gedanken zu vertreiben, bevor er wieder einen Steifen bekam. Dabei war es nicht nur ihr unverschämt heißer Körper, der ihm unter die Haut ging – sondern auch ihr vorlautes Mundwerk und diese smaragdgrünen, verführerischen Augen. Einen Moment lang hatte er vermutet, dass er sie bei seinem frühmorgendlichen Lauf überrumpelt hatte. Was um alles in der Welt hatte sie da überhaupt alleine und nackt im Wald gemacht? Doch dann war sie zu ihm herüberstolziert und hatte *schon wieder* versucht, ihn zu berühren – was seinen Wolf unerklärlicherweise begeistert und Daniel aus viel nachvollziehbareren Gründen Angst eingejagt hatte. Daniel hatte schon mehrere Auslandseinsätze hinter sich, aber in Afghanistan konnte man nur von einer Patrone oder einer Bombe getötet werden – Hexen hingegen stellten eine noch viel größere Gefahr dar.

Und trotzdem… spürte er ein Verlangen nach ihr, als wäre sie die heißeste Wölfin, die ihm je begegnet war.

Daniel stieg aus dem Auto, knallte die Tür zu und lehnte sich für einen Moment dagegen, um sich zu sammeln, bevor er wieder zum Trainingsfeld stapfte. Sie würde dort sein. Und er musste unbedingt einen kühlen Kopf bewahren. Im Geiste ging er alle Gründe durch, warum es eine sehr, sehr schlechte Idee war, sich auf Skylar einzulassen.

Erstens, *sie war eine Hexe.*

Zweitens… und eigentlich musste es gar kein Zweitens geben, *da sie eine Hexe war…* aber zweitens waren Hexen nicht geeignet für eine Paarung. Jaxson, der Leiter der Sicherheitsfirma Riverwise, mit der Daniel zusammenarbeitete, hatte sich mit einer Halbhexe gepaart, aber das war auch besonderen Umständen geschuldet gewesen. Und eine Waise, die nur zur Hälfte eine Hexe war, war etwas komplett anderes als eine vollblütige Hexe aus einem der mächtigsten Hexenzirkel der Stadt – Daniel hatte sich während seiner morgendlichen Erledigungen etwas über sie schlau gemacht. Dieses Mädchen war bestimmt nicht seine Seelenverwandte – was bedeutete, dass sie höchstens eine heiße, schnelle Nummer haben konnten, bei der sie den Körper des anderen bis ins Letzte auskosteten, bis sie zu erschöpft waren, um erneut übereinander herzufallen… und scheiße, sein Ständer machte sich schon wieder bemerkbar.

Und sein Wolf drehte praktisch durch. Wenn es nach seinem inneren Biest ginge, würde er jetzt aufs Feld marschieren und Skylar mit in sein Zimmer schleppen, um dieses kleine Szenario durchzuspielen, das ihm gerade durch den Kopf geschossen war.

Daniel drehte sich zu seinem Auto um, stützte sich mit den Händen am Dach ab und befahl seinem inneren Wolf, *sein verdammtes Maul zu halten.* Denn er hatte eine nicht enden wollende Liste mit Gründen, warum Sex mit Skylar absolut keine gute Idee war. Abgesehen von der schmerzhaft offensichtlichen Tatsache, dass sie eine Hexe war, und der Gewissheit, dass die Sache zwischen ihnen nie mehr sein würde als heißer, gefährlicher Sex mit einer Frau, die ihn mit einer einzigen Berührung töten könnte, gab es noch einen dritten Grund, der zwar eher pragmatisch war – aber am Entscheidendsten. Daniel stellte ein Team aus magischen Wölfen zusammen und Skylar war eine Expertin in Sachen Magie. Und den Wolfsjäger auszuschalten hatte absolute Priorität – es ging buchstäblich um Leben und Tod und das zählte viel mehr, als flachgelegt zu werden. Und so sehr es ihm auch widerstrebte, das zuzugeben, hatte sein Team durch Skylars Hilfe beachtliche Fortschritte im Umgang mit ihrer Magie gemacht. Das alles zu vermasseln, indem er und Skylar Starling sich die Klamotten vom Leib rissen, war wirklich das Letzte, woran er gerade denken sollte.

Genau aus dem Grund hatte er sich heute Morgen im Wald auch geweigert, in seine Menschengestalt zu shiften – sie hätte seinen gewaltigen Ständer gesehen und die Situation wären noch peinlicher geworden, als sie es ohnehin schon gewesen war. Und seine gesamte Aufmerksamkeit sollte gerade seinem Team gelten.

Genau. *Konzentrier dich aufs Wesentliche, Wilding*, ermahnte er sich. Und das galt erst recht für das

Tier in ihm. An Frauen, Paarungen, und den ganzen Kram konnte er auch später noch denken, wenn der Wolfsjäger hinter Gittern saß, oder besser noch, tot war.

Daniel stieß sich vom Auto ab und marschierte zur Trainingswiese. Er war spät dran – das sagten ihm die magischen Lichtbälle, die bereits durch die Luft sausten. Er hasste es, sich zu verspäten. In der weit verbreiteten Wilding-Großfamilie hatte er den nicht unverdienten Ruf, jemand zu sein, der stets die Regeln befolgte. Das hatte ihn nicht nur die Armee gelehrt, sondern auch sein eigener verdammter Vater – Oberst Astor Wilding, der mittlerweile für seine Beteiligung an den Shifter-Experimenten verurteilt worden war, die er an seinem eigenen Sohn, Noah, und unzähligen anderen Wölfen genehmigt hatte. Es war Daniels unumstößlicher Gerechtigkeitssinn gewesen, der ihm den Mut verliehen hatte, seinen Vater hinter Gitter zu bringen. Und mit genau dieser Eigenschaft würde er irgendwann auch den Wolfsjäger zu Fall bringen.

Außerdem hatte Daniel schon früh begriffen, dass die Art und Weise, wie ein Wolf eine Frau behandelte, mehr über ihn als Mann aussagte als alles andere, was er tat – auch diese Lektion hatte er von seinem Vater gelernt, denn Daniel hatte mitansehen müssen, wie dieser Daniels Mutter durch Misshandlungen und Vernachlässigung immer weiter zerstörte, bis sie sich schließlich das Leben genommen hatte. Daniel, Noah und ihre ältere Schwester, Piper, waren da noch Kinder gewesen. Aber es hatte Daniel für immer geprägt. Er *schuldete* es seiner Mutter, ein besserer Mann zu sein, als sein Vater es gewesen war – und wenn Daniel irgendwann eine Frau fand, die er aufrichtig liebte, würde er sie zu seiner Partnerin machen und immer anständig behandeln. Nicht, dass er noch nie zuvor unverbindlichen Sex gehabt hatte, doch das war immer mit Frauen gewesen, die zumindest das Potenzial hatten, die Richtige für ihn zu sein – eine Frau, die er sein Leben lang schätzen und lieben würde. Bis jetzt hatte er sie zwar noch nicht gefunden… aber Skylar Starling war definitiv nicht *die Richtige.* Und heißen Hexen für unverbindlichen Sex nachzujagen stand *nicht* auf dem Programm – weder bei der Jagd nach dem Wolfsjäger *noch* in seinem normalen Leben, falls er jemals wieder eins haben sollte.

Draußen auf dem Feld warfen sich Kaden und Owen magische Feuerkugeln zu. Noah und Skylar taten dasselbe. Das Gras knirschte unter Daniels

Stiefeln, als er das Feld überquerte, und das Geräusch schien Skylars Aufmerksamkeit zuerst zu erregen. Er nickte ihr kurz zu, bevor sie den Blick wieder abwenden musste, um einen Feuerball von Noah zu fangen – wenn sie vorhatte, ihre frühmorgendliche Begegnung im Wald anzusprechen, würde er zwar darauf eingehen, aber *er* würde dieses Thema ganz bestimmt nicht anschneiden. Schließlich war es seine Aufgabe, die Gruppe zusammenzuhalten.

Allerdings zeigten ihre immer geschickteren Manöver – Kaden zum Beispiel begann, Bälle hinter seinem Rücken aufzufangen und dabei herumzualbern – deutlich, dass sie Daniel nicht wirklich brauchten. Klar, er konnte dafür sorgen, dass die Gruppe bei der Sache und geschlossen blieb, doch das hier war zweifellos anders als bei der Armee, wo der Anführer für gewöhnlich die meisten und nicht die wenigstens Fähigkeiten besaß. Die Tatsache, dass Daniel *weder* ein Hexer *noch* ein Wolf mit Hexenkräften war, schränkte ihn tatsächlich bei seiner Arbeit ein – was aber nicht bedeutete, dass er heiß darauf war, einer zu werden. Wie er Troy bei ihrem gemeinsamen Lauf heute Morgen bereits erzählt hatte, war es in der Wilding-Familie eher eine Schande, ein weißer Wolf zu sein, denn ein solcher war in der Vergangenheit für mehrere Morde und die Auflösung des Rudels verantwortlich gewesen. Wenn es eine Möglichkeit gab, dass Daniel den Wolfsjäger zu Fall bringen konnte, ohne das Weiße-Wolfs-Gen in sich zu aktivieren, dann würde er diese liebend gerne ergreifen.

„Hey, du hast es ja doch noch geschafft, Mann", sagte Noah, als Daniel näherkam.

„Ich musste noch ein paar Dinge erledigen."

Noah fing den Feuerball auf, den Skylar ihm zugeworfen hatte, und ließ ihn zwischen seinen Händen schweben, wobei eine Hand über und die andere unter der Kugel hielt. Mit zusammengekniffenen Augen musterte er Daniel. „Alles okay bei dir? Du bist sonst *nie* zu spät."

„Mir geht's gut", presste Daniel hervor und warf Skylar einen flüchtigen Blick zu.

Sie sah ihn mit großen Augen an, aber ihre blassrosa Lippen waren fest zusammengepresst. Offenbar hatte sie sich ebenfalls dazu entschieden, über den morgendlichen Vorfall zu schweigen.

Gut. „Sieht so aus, als würdet ihr euer magisches Volleyballspiel ziemlich gut beherrschen", sagte er in geschäftlichem Ton. Er neigte den Kopf in Skylars Richtung. „Aber ich vermute mal, dass jede Begegnung mit dem Wolfsjäger eher einer tödlichen Version von Völkerball ähneln wird. Irgendwelche Vorschläge, wie sie dafür trainieren können?“

Ihre Lippen verzogen sich zu einem Lächeln. „Kommt drauf an. Wie viel Wald dürfen wir denn abfackeln?“

Daniel sah sich um – der Waldrand und mehrere Stellen des Feldes hatten bereits beachtlich unter ihrem Training gelitten. „So wenig wie möglich? Ich würde ungern deswegen von Mama River rausgeworfen werden.“

Das ließ sie wieder nüchtern werden. „Dann sollten wir wohl eher an der Kontrolle arbeiten. Mit weniger Power und dafür präziserer Technik.“

Er nickte zustimmend. „Klingt gut. Aber wie genau soll das aussehen?“

„So vielleicht?“, fragte Noah. Er hatte eine winzige Feuerkugel heraufbeschworen, die eher die Größe eines Golfballs als die eines Basketballs hatte.

„Sehr gut“, sagte Skylar lächelnd. „Und jetzt versuch mal, das hier zu treffen…“ Mit den Händen beschrieb sie einen Kreis in der Luft und die kleine blaue Magiequelle, die sich darin bildete, nahm die Form eines Vogels an. Als sie die Hände ausstreckte, stieg das Vöglein in die Luft und flog schnell über die Köpfe der Gruppe hinweg.

Die winzige Magiekugel immer noch zwischen seinen Händen holte Noah mit beiden Armen aus und schleuderte sie dann dem magischen Vogel hinterher. Er verfehlte jedoch sein Ziel und der kleine Feuerball sauste am Vogel vorbei in einem weiten Bogen über das Feld.

„Den krieg ich!", rief Kaden, rückwärtsrennend wie ein Baseballspieler, der auf dem Außenfeld einen Ball fangen wollte. Noahs kleine Energiekugel wurde immer schneller, während sie zu Boden fiel, doch Kaden schaffte es, sie kurz über den Grashalmen aufzufischen, bevor sie irgendetwas verbrennen konnte. Triumphierend grinsend hielt er sie hoch.

Der magische Vogel war zu Skylar zurückgekehrt.

„Lass es mich nochmal versuchen", sagte Noah und beschwor bereits den nächsten Ball herauf.

„Erstmal der Reihe nach", lachte Skylar. „Kaden, du bist dran!" Sie ließ den Vogel wieder frei und dieses Mal versuchte Kaden, ihn abzuschießen. Auch er verfehlte ihn und Noah musste der glucksenden Skylar seinen Magieball zuwerfen, um zu versuchen, Kadens Fehlschuss einzufangen. Doch auch das gelang ihm nicht und der Ball brannte ein Loch in den Rasen. Noah trat die

Flammen aus und drehte sich dann grinsend zu Skylar um und signalisierte ihr, ihm seinen Feuerball für einen weiteren Versuch zurückzuwerfen.

Jetzt schaltete sich auch Owen ein und die vier hatten sichtlich Spaß bei ihren Versuchen, Skylars magische Vogel-Zielscheibe zu töten. Daniel blieb am Spielfeldrand stehen, beobachtete sie mit verschränkten Armen und fühlte sich ziemlich nutzlos. Erleichtert registrierte er, dass sich Zoe und Troy dem Feld näherten. Eigentlich hatte er Zoe nach ihrem Treffen mit dem Bürgermeister besuchen wollen, aber er hatte keine Gelegenheit dazu gehabt. Außerdem war es nett, nicht mehr der einzige normale Wolf sein zu müssen, der mit diesen Superhelden abhing.

Doch Zoe kam mit versteinerter Miene über das Feld auf sie zu und auch Troy hatte einen ziemlich verkniffenen, nervösen Gesichtsausdruck – was hatte das zu bedeuten? Daniel wusste, dass Troy auf Zoe stand. War zwischen ihnen etwas vorgefallen? Er hoffte inständig, dass er sich *damit* nicht auch noch auseinandersetzen musste – ihm wäre es wesentlich lieber, wenn Troy bei ihnen bleiben und ihm Gesellschaft leisten würde.

„Hey, Zo“, rief Daniel, als sie näherkamen. „Wie geht’s euch?“ Er warf Troy einen flüchtigen

Blick zu, doch dessen Miene war praktisch unleserlich.

„Gut“, sagte sie. „Aber ich muss dir was erzählen.“ Sie sah Troy an, der ihr aufmunternd zunickte.

Okay… „Ja? Und das wäre?“, fragte Daniel. Das magische Spiel auf dem Feld kam zum Erliegen, als auch die anderen die Anspannung in Zoes Stimme bemerkten.

Sie begegnete seinem besorgten Stirnrunzeln mit einem Blick, der für Daniels Geschmack viel zu gequält wirkte. „Tja, also dieses Weiße-Wolfs-Gen, das in unserer Familie im Umlauf ist – das habe ich wohl auch.“

Daniel öffnete seine verschränkten Arme und ließ sie fallen. „Warte… was? Du bist ein weißer Wolf?“ *Wie konnte es sein, dass er davon nichts gewusst hatte?* War das etwa noch ganz neu? Immerhin war sie erst vor Kurzem beim Brandbombenanschlag auf ihr Labor das erste Mal geshiftet…

Troy stand hinter ihr und legte ihr die Hand auf den unteren Rücken. „Ist schon okay“, sagte er ermutigend.

Scheiße. Sie outete sich ihnen gegenüber, was sie offensichtlich schon genug Überwindung kostete, und Daniel machte es nur noch schlimmer. Was war er nur für ein beschissener Cousin?

Zoe löste sich von Troys Berührung und räusperte sich. „Ja, das bin ich“, sagte sie laut genug, dass alle anderen auf dem Feld es hören konnten. Doch die kamen sowieso näher. „Und gezaubert habe ich auch schon ein wenig.“

Das Zittern in ihrer Stimme war für Daniel wie ein Schlag in die Magengrube. Also war das hier *nicht* neu – sie verheimlichte es nur schon eine ganze Weile. Und er machte ihr dieses Geständnis nicht gerade leichter.

Dramatisch warf er die Hände in die Luft. „*Scheiße*, Mann! Warum bin ich denn hier die einzige Niete ohne magische Kräfte?“

Das schien ihr ein Lächeln zu entlocken und er fühlte sich wieder etwas besser.

„Danke, Kumpel“, rief Troy hinter ihr. „Gut zu wissen, dass ich hier zu den Nieten gehöre.“

Daniel ließ die Arme sinken. Mann, er konnte es hier auch keinem recht machen. „Oh, hey, Troy, ich wollte nicht—“

Aber Troy lachte bloß. „War nur ein Witz, Mann.“

Plötzlich erklang Skylars Stimme ganz nah

hinter Daniel. „Ich werde deinen inneren Hexer schon noch hervorbringen, du heißer Kerl, du.“

Gütiger Himmel. Er schaffte es nicht, ein Zusammenzucken zu verhindern. Er drehte sich zu ihr um und suchte nach den richtigen Worten, mit denen er ihr klarmachen konnte, warum das hier weder der richtige Ort noch der richtige Zeitpunkt war—

„Los, Daniel“, rief Zoe ihm herausfordernd zu. „Du fängst an.“

Mist. Skylars Gesicht hellte sich auf und bevor er widersprechen konnte, zog sie ihn aufs Feld hinaus. „Komm schon, du Riesenbaby. Es gibt nichts, vor dem du Angst haben müsstest.“

Oh doch, gab es. Und das nicht nur, weil ihre Berührung an seinem Arm wieder dieses *Kribbeln* über seine Haut jagte. Er bildete sich das nicht ein – da war wirklich eine Art leidenschaftliches Knistern, wenn sie sich berührten – aber er war sich nicht sicher, ob sie es auch spürte.

Owen, Noah und Kaden versammelten sich am Rand des Feldes, um die Show zu genießen. Und wenn Zoe bereit war, sich ihnen anzuvertrauen – was bedeutete, einen weiteren weißen Wolf im Team haben zu können – sollte er zumindest den Anschein erwecken, als würde er versuchen, seinen weißen

Wolf hervorzubringen. Falls dieser überhaupt existierte. Er hatte definitiv einen heißblütigen, *normalen* Wolf mit schwarzem Fell in sich… den die Aussicht darauf, möglicherweise erneut in den Genuss von Skylars knisternder Berührung zu kommen, gerade ganz wild machte. Doch sie war zurückgewichen, um ihm etwas mehr Platz zu geben – wofür er diesen benötigen sollte, war ihm jedoch schleierhaft.

„Schließ die Augen und verbinde dich mit deinem inneren Wolf", sagte Skylar. „So scheinen zumindest die anderen Zugriff auf ihre Magie zu bekommen."

Sie flirtete zwar nicht mit ihm, doch das intensive Starren dieser grünen Augen half ihm trotzdem nicht gerade, sich zu konzentrieren. Also schloss er die Augen und versuchte, ihre elektrisierende Berührung zu vergessen. Aber das Konzentrieren auf seinen Wolf beförderte diesen lediglich näher an die Oberfläche, da er herauskommen und sich über Skylar hermachen wollte.

„Okay, und jetzt?", fragte Daniel. Er hoffte, dass Zoe dieses lächerliche Schauspiel mitbekam – zu sehen, wie er es verbockte, irgendetwas Magisches hinzubekommen, würde ihr hoffentlich bei ihrem Outing helfen, zu dem Troy sie augenscheinlich überredet hatte. Und Daniel wollte sie wirklich als Teil seines Teams haben...

„Jetzt greif auf den inneren Kern deiner Magie zu“, sagte Skylar. Sie war ihm nähergekommen – das konnte er am Klang ihrer Stimme und dem milden Duft ihrer mit Seife gewaschenen Haut erkennen. Sein Wolf gab bei jedem Luftzug ein lüsternes Knurren von sich und seine innere Magie wollte hier draußen offenbar *ganz andere* Magie mit ihr kreieren…

Oh Gott. Konzentrier dich, Wilding. „Okay“, sagte er laut.

„Und jetzt lass die Magie in dir hoch- und dann rausströmen“, sagtc Skylar.

„Hoch und raus?“, wiederholte Daniel. „So?“ Mit geschlossenen Augen ließ er seine Hände durch die Luft kreisen, wie er es bei den anderen Wölfen gesehen hatte… und kam sich komplett lächerlich vor.

Mehrere Sekunden verstrichen. Daniel hätte schwören können, ein Prusten gehört zu haben, aber nicht von Skylar, sondern von einem der anderen Witzbolde auf dem Feld. Er ließ die Hände sinken und öffnete die Augen, um die drei anzufunkeln. Kaden hatte die Arme verschränkt, aber Daniel konnte erkennen, dass er das nur tat, um nicht loszulachen. Owen kämpfte mit aller Kraft darum, sein Pokerface zu wahren, aber Noah schlug mit dem Kopf gegen Owens Schulter und krümmte sich in einem stillen Lachanfall.

„Ihr seid richtige Arschlöcher, wisst ihr das?", sagte Daniel.

Noah schluckte sein Lachen runter. „Sorry, Bruderherz, aber ich kann mir das einfach nicht reinziehen…" Er fuchtelte wild mit den Händen herum, um sich über Daniels zugegebenermaßen erbärmlichen Versuch lustig zu machen.

Er sah Zoe an, die dicht neben Troy gestanden hatte, ihn jetzt aber stehenließ und über das Feld zu ihm kam.

„Lass dich nicht kleinkriegen, Daniel", rief sie ihm zu. Dann hob sie ihren Arm und streckte ihn mit der Handfläche voran in Daniels Richtung aus.

Skylar wich zurück.

Heilige Scheiße, was hatte sie vor? Verteidigend riss er die Hände hoch. „Hey, jetzt fangt nicht noch an, euch gegen mich zu verbünden."

Seine Cousine lächelte. „Du hast Recht, ich sollte dich nicht als Versuchskaninchen missbrauchen." Sie richtete ihre Handfläche auf einen Baumstumpf am Waldrand, der zu einem der Bäume gehörte, die sie bereits zerstört hatten – und der etwa einen halben Meter über dem Boden sauber abrasiert worden war. Ein kleiner, einsamer Tannenzapfen war dabei wohl auf dem Baumstumpf liegengeblieben. Zoe schloss die Augen und einen Augenblick später schoss ein blauer Energieball aus ihrer Hand… doch anstatt den Baumstupf endgültig in die Luft zu sprengen, wickelte er sich um den Tannenzapfen, umhüllte ihn mit einem blauen Schild und hob ihn in die Luft.

„Heilige Scheiße." Daniel hatte noch bei keinem der anderen Wölfe gesehen, dass sie zu sowas imstande waren. Auch die anderen wirkten überrascht. Begeistert tänzelte Skylar über den Rasen an Zoes Seite.

„Was hast du denn sonst noch so drauf, Mädchen?" Jetzt, wo sie nebeneinander standen, konnte man sehen, dass Skylar sogar noch kleiner als Zoe war. „Die Hexerei ist eine so tief verwurzelte weibliche Kraft. Ich wette, unter dieser hübschen neuen Frisur ist noch eine ganze Menge mehr los."

Zoe lachte. „Ich mache wirklich nichts Besonderes. Ich manipuliere nur ein bisschen das Kraftfeld."

Skylar nickte beeindruckt und warf Daniel einen Blick zu. „Seht ihr? Nur ein bisschen das

Kraftfeld manipulieren." Wieder an Zoe gewandt sagte sie: „Diese kräftigen, maskulinen Kerle sind zwar sündhaft heiß, doch sie sind mehr Wolf als Hexer. Obwohl sich die Kräfte des weißen Wolfes bei ihnen deutlich äußern, fällt es ihnen schwerer, ihre Hexenseite zu nutzen. Pech für sie, aber du... *du*, mein Mädchen, könntest erstaunliche Dinge vollbringen."

Daniel hatte nach dem *sündhaft-heiß*-Teil kaum noch zugehört – bedeutete das etwa, dass Skylar auch dieses magische Knistern spürte, wenn sie sich berührten?

„Du meinst also, dass ich besseren Zugriff auf meine Hexenseite habe, weil ich ein *weiblicher* weißer Wolf bin?", fragte Zoe.

„Absolut!" Skylar forderte sie auf, weiter hinaus aufs Feld zu kommen. „Es ist ja erwiesen, dass wir – Hexen und Wölfe – früher viel inniger miteinander verbunden waren." Sie schoss Daniel ein kurzes Grinsen zu, was ihm natürlich direkt die Hitze ins Gesicht trieb. Die Frau musste wirklich damit aufhören, ihm jede sexuelle Anspielung entgegenzuwerfen, die ihr in den Sinn kam. Dann leckte sie sich auf eine Art und Weise die Lippen, die Daniel die Zähne zusammenbeißen und sie fassungslos anstarren ließ – sie *musste* einfach wissen, welche Wirkung das auf ihn hatte.

Sie wandte sich wieder Zoe zu. „Für euch Wölfe mag es weit in der Vergangenheit liegen, aber einige meiner Schwestern leben schon so lange, dass sie sich noch an die Zeit erinnern können, als die uralte Vereinigung von Wölfen und Hexen nicht nur eine Geschichte war. Aber die weißen Wölfe, zu denen ihr geworden seid, sind definitiv das, was in unserer heutigen Zeit einer Einheit der beiden Seiten am nächsten kommt. Meine Schwestern und mein Hexenzirkel sind alle ziemlich neidisch auf mich – nicht nur, weil ich hier meine Zeit mit ein paar absoluten Traumtypen verbringen kann, sondern auch, weil der weiße Wolf der Beginn von etwas ganz Besonderem für Wölfe und Hexen sein könnte. Etwas, das wir seit Hunderten von Jahren nicht mehr gesehen haben."

„Wie meinst du das?", fragte Troy, der sich ihnen genähert hatte und nun hinter ihr stand.

„Ich meine", sagte Skylar, und ließ ihren Blick erneut aufreizend lange auf Daniel ruhen, „dass die Wiedervereinigung unserer Spezies möglich sein könnte." Doch wie sie das sagte, klang für ihn eher danach, als würde sie von der *Vereinigung seines Körpers mit ihrem* reden. Eine Vorstellung, mit der er sich immer mehr anfreunden konnte, auch wenn es nur dazu dienen sollte, diese lodernde sexuelle Spannung zwischen ihnen abzubauen.

„Im Moment interessiert mich nur, wie ich einen gewissen Wolfsjäger zur Hölle jagen kann, falls er nochmal in mein Labor kommt", sagte Zoe.

Daniels Phantasien bekamen eine kalte Dusche. Wenigstens einer behielt hier noch das Ziel im Auge.

Auch Skylar wurde wieder etwas nüchterner. „Da hätte ich auch nichts gegen." Mit schmalen Augen sah sie Zoe an. „Zeig mir, was du wirklich draufhast, Schwester."

Und Zoe schien das als Herausforderung zu verstehen. Wieder schloss sie die Augen, streckte beide Hände in Richtung des Baumstumpfes aus und ihr Körper schien aus ihrem tiefsten Innern heraus zu erbeben. Und plötzlich schoss eine gewaltige Eruption blauer Magie aus ihren Händen in alle Richtungen davon. Daniel wurde flach ins Gras geschleudert, während die sengend heiße Magie knisternd über das Feld raste, ein Dutzend Bäume am Rande der Lichtung umwarf und alles, was einen Meter über dem Boden war, verbrannte.

Heilige Scheiße. Panisch sah er zu Skylar und den anderen – sie alle waren wie er durch das Energiefeld zu Boden geschleudert worden, aber sie bewegten sich. Niemand schien verletzt.

„Alles in Ordnung?“, fragte Daniel Skylar, während er sich langsam von dem knisternden Magiestoß erholte, der immer noch von Baum zu Baum sprang und sich langsam auflöste.

Sie nickte, wirkte aber leicht benommen.

Zoe keuchte… und rannte dann weg. Fast wäre sie über Troys Körper gestolpert, während sie Hals über Kopf vor der magischen Zerstörung floh, die sie verursacht hatte. Sie sprintete auf das Haus zu – und Daniel wäre ihr nachgegangen, doch Troy war schon wieder auf den Beinen und rannte ihr hinterher. Außerdem wusste er genau, wie Zoe sich fühlen musste – bestimmt hatte sie panische Angst vor der magischen Macht ihrer weißen Wölfin. Denn wenn er ehrlich zu sich war, war das auch einer der Gründe, warum er seinen eigenen inneren Hexer nicht heraufbeschwören wollte. Dieses Ausmaß der Magie war schlicht zu gefährlich, und dieses Wolfshexer-Ding – der weiße Wolf – war absolut unberechenbar, wie Zoe soeben gezeigt hatte. Die anderen schienen ihren weißen Wolf im Griff zu haben, aber Zoe offensichtlich nicht – und ausgerechnet sie war mächtiger als alle zusammen.

Und wer sagte Daniel denn, dass es bei ihm

nicht genauso sein würde, wenn es ihm gelingen sollte, seinen inneren Hexer hervorzubringen?

Er klopfte sich den Staub von den Klamotten und musterte die anderen. Alle, einschließlich der zierlichen Hexe mit den hübschen grünen Augen, schienen unversehrt zu sein.

„Ich denke, wir sind fertig für heute“, sagte Daniel.

Skylar schien noch etwas sagen zu wollen, hielt dann aber inne. Daniel drehte sich um und ging davon. Er hatte erstmal genug von Magie.

Kapitel Vier

Im Berganwesen herumzusitzen machte Skylar fast wahnsinnig.

Nicht, dass sie sich in schlechter Gesellschaft befand – sie war den ganzen Tag lang von umwerfenden Shifter-Männern umgeben, die geschäftig übers Anwesen streiften, sei es, um die Pferde zu pflegen, Mama River zu bewachen oder einfach nur, weil sie auf der Durchreise waren und kurz vorbeischauen wollten. Aber das Magietraining lag jetzt schon seit zwei Tagen auf Eis, während Daniel sich um einige Angelegenheiten bei der Armee kümmerte – was in ihren Augen höchst verdächtig wirkte. Sie bezweifelte, dass Daniel sich wirklich um irgendwelche „Angelegenheiten" kümmern musste, und vermutete eher, dass ihn Zoes magische Machtdemonstration aus der Fassung gebracht hatte. Trotzdem war sie sehr dankbar, dass er sie nicht einfach rausgeschmissen hatte. Und während die heißen Typen auf dem Anwesen ihr Hexenherz höherschlagen ließen, schmachtete ihre geheime innere Wölfin nur nach einem einzigen Mann – Daniel Wilding.

Und bis er sich entschied, zurückzukommen, verbrachte Skylar den Großteil ihrer Freizeit im Wald.

An diesem schönen Nachmittag wimmelte er nur so von Geräuschen und Gerüchen, die ihre geheimen Wolfsbedürfnisse stillten. Und während sie durch die Farne und an umgefallenen Baumstämmen vorbei wanderte, staunte sie darüber, wie ein einfacher Waldspaziergang diesen Teil von ihr aufblühen ließ. Es war das bittersüße Gefühl, ein *Zuhause* zu haben, bei dem nur ein einziges Stück – *ein Partner* – fehlte. Aber diese Freiheit, im Einklang mit der Natur zu sein, hatte sie nur hier, und deshalb verbrachte sie Stunden damit, Rehpfade entlangzuwandern und verborgene Bäche aufzuspüren.

Da sie heute schon mehrere Stunden im Wald verbracht hatte, machte sie sich wieder auf den Rückweg. Es war immer noch heiß, obwohl sich die

Sonne bereits dem Horizont entgegensenkte. Als Skylar den – von Zoes Ausbruch verkohlten – Waldrand erreichte, stellte sie überrascht fest, dass eine Gestalt über die Wiese auf sie zukam. Mit der Hand schirmte sie ihre Augen vor der Sonne ab – *es war Daniel.* Ihr Herz machte einen kleinen Satz und ihre Wölfin horchte umgehend auf. Sie war noch nicht gänzlich aus dem Unterholz hervorgekommen, also konnte Daniel sie noch nicht sehen... aber er steuerte direkt auf sie zu.

Sie trat in den Sonnenschein hinaus. „Hey, heißer Feger. Da bist du ja wieder."

Er blieb strauchelnd stehen und sah sie mit zusammengekniffenen Augen an. Sie lächelte breit und hoffte, dass sie ihn nicht direkt wieder verscheuchen würde. Doch nach längerem Zögern stapfte er schließlich weiter durch das hohe Gras des Feldes.

„Hey", sagte er. „Ich wusste nicht, dass du hier draußen bist. Gehst du wieder nackt joggen?" Als seine Mundwinkel belustigt zuckten, wurde Skylar von einer unerwarteten Hitzewelle erfasst. Mit schalkhaft blitzenden Augen blieb er vor ihr stehen.

Sie wechselte in ihren Flirtmodus. „Ist das eine Einladung?"

Das Lächeln auf seinem Gesicht verschwand

und ihr Herz kam erneut ins Stocken. Aber die schimmernde Aura, die seinen Körper umgab, war keine pulsierend rote Wut oder Verärgerung, sondern eine Art violetter Hitze. *Begierde.* Auren waren nicht immer so deutlich zu erkennen, nur wenn Skylar sich anstrengte oder die Emotionen besonders stark waren. Mit einem intensiven Blick, den sie auch ohne Auralesen deuten konnte, trat er näher… und plötzlich fiel es ihr schwer, normal zu atmen.

„Eigentlich hatte ich nur vor, spazieren zu gehen“, sagte er leise und seine blauen Augen loderten. „Aber ich könnte mich auch zu anderen Dingen überreden lassen.“

„Ach, wirklich?“ *Wollte* sie ihn denn zu etwas überreden? Ihre innere Wölfin winselte *ja, ja, ja.* Aber genau deshalb sollte sie es nicht tun – allein sein wahnsinnig männlicher Geruch, der ihr entgegenwehte, brachte ihre Wölfin schon dazu, ausbrechen zu wollen, ganz zu schweigen von diesen breiten Schultern und den Muskeln, die sich unter seinem enganliegenden T-Shirt abzeichneten.

Sie schluckte.

Er schob sich ihr noch ein Stückchen näher. „Auf jeden Fall“, hauchte er. Dann blinzelte er und wich wieder etwas zurück. „Aber das wäre… unprofessionell.“

Sie nickte, wenn auch etwas zu schnell. „Schließlich arbeiten wir zusammen.“

„Genau.“ Aber seine Augen loderten immer noch und er wich nicht weiter zurück.

Das unbestimmte Gefühl, das in ihre Magengrube sickerte, war entweder Enttäuschung oder Erleichterung – vielleicht auch beides. „Dafür sollte ich mich vielleicht noch bei dir bedanken“, sagte sie.

Er runzelte die Stirn. „Für was genau?“

„Dafür, dass ich immer noch mit deinen Wölfen zusammenarbeiten darf. Und du mich nach dem, was neulich passiert ist, nicht rausgeschmissen hast.“ Sich auf Daniels unfassbar heißen Körper zu stürzen, war wahrscheinlich keine gute Idee – sich mit ihm gutzustellen aber definitiv schon. So konnte sie möglichst lange im Wald und bei den Wölfen bleiben. In Daniels Nähe zu sein, war da nur ein zusätzlicher Pluspunkt. Zumindest erklärte sie es so ihrer verborgenen Wölfin… nachdem sie ihr befohlen hatte, mit dem Winseln aufzuhören.

Er sah sie fragend an. „Das war doch nicht deine Schuld.“

„Naja, ich habe sie dazu angespornt.“ Schnell

fügte sie hinzu: „Aber ich bin mir ziemlich sicher, dass das nur ein Unfall war. Sie muss bloß noch etwas mehr an ihrer Selbstkontrolle arbeiten."

„Selbstkontrolle. Richtig." Er nickte, als würde das Sinn für ihn ergeben, wich dabei aber noch ein Stück zurück und brachte mehr Distanz zwischen sie.

Sie legte den Kopf schief. „Bist du dir sicher, dass du es nicht versuchen willst?"

Wieder runzelte er die Stirn. „Was versuchen?"

„Deinen inneren Hexer hervorzuholen." Vorsichtig lächelte sie ihn an. „Wir könnten in den Wald gehen, da sieht uns niemand. Die anderen müssen es ja nicht erfahren."

Er zögerte sehr lange, bevor er antwortete, wobei sein Blick immer wieder zu den schattigen Bäumen hinter ihr ging. „Ich weiß nicht…"

„Komm schon", sagte sie und sah in sein sorgenvolles Gesicht hoch. Warum beunruhigte ihn das so sehr? „Lass mich mit *dir* üben. Dann bin ich auch besser vorbereitet, wenn Zoe das nächste Mal trainieren will. Du willst sie doch im Team haben, oder nicht?"

Jetzt wirkte er sogar noch stärker hin- und hergerissen. „Ja."

„Dann zeig ihr, dass du keine Angst vor deinem

eigenen weißen Wolf hast“, sagte sie und nickte in Richtung Wald.

Er schluckte sichtbar und schien wirklich Angst zu haben – was sie einfach nicht nachvollziehen konnte. Daniel Wilding war stark und der beeindruckendste Anführer und Alphawolf, den sie je gesehen hatte – was einer der Gründe war, warum ihre Wölfin selbst jetzt noch winselte und wollte, dass sie in seine muskulösen Arme sprang und ihn vögelte, als würde es kein Morgen geben. Wovor fürchtete sich dieser Mann, der vor Selbstvertrauen und Männlichkeit nur so strotzte?

Schließlich sagte er mit knirschenden Zähnen: „In Ordnung.“ Es war kaum mehr als ein Grummeln, das er zwischen den Zähnen hervorstieß, doch dann preschte er an ihr vorbei und steuerte den Schutz der Bäume und Sträucher an.

Eine Weile gingen sie schweigend nebeneinander her. Sie würde es ihm überlassen, wie tief er in den Wald gehen wollte, bis er sich sicher fühlte, dass niemand, der sich auf dem Anwesen aufhielt, sie sehen oder hören konnte. Schließlich hörte er auf, die Farne beiseitezuschieben, und drehte sich zu ihr um.

„Eigentlich bin ich es, der sich bei dir bedanken sollte.“ Er sah nicht mehr ganz so verunsichert aus wie eben. „Du bist eine unglaubliche Bereicherung für das Team. Ich bin sehr froh, dass du ein Teil davon bist.“

Seine Worte ließen sie unerwartet erröten. *Sie war ein Teil des Teams.* Teil dieses seltsamen kleinen Rudels magischer weißer Wölfe. Und näher als das würde sie einem eigenen Rudel wohl nie kommen. Plötzlich schossen ihr Tränen in die Augen und sie musste wegschauen.

„Hey“, sagte Daniel, dem das aufgefallen war und der ihr jetzt wieder näherkam. „Hab ich was Falsches gesagt?“

Sie blinzelte die Tränen zurück und befahl ihrer Wölfin, endlich mit diesem verdammten Winseln aufzuhören! „Nein, ich…“ Sie zwang sich zu einem Lächeln und sah ihn wieder an. „Das hast du süß gesagt. Danke.“

Er wirkte leicht verwirrt. „Okay.“

„Na gut“, sagte sie heiter, „fangen wir an.“

Er runzelte die Stirn. „Nur damit du's weißt – ich glaube nicht, dass das funktionieren wird.“

„Sehr gut – das ist die richtige Einstellung!“, rief sie.

Er schnaubte belustigt und lächelte. *Himmel,* dieser Mann war einfach umwerfend, wenn er lächelte. Sie war sich nicht sicher, ob sie ihn je zuvor lächeln gesehen hatte, aber falls doch, war es nichts im Vergleich zu diesem Sonnenregen, der ihr hier mitten im Wald entgegenstrahlte.

Und das Grinsen, das folgte, war fast zu viel für ihr Herz. „Okay, Miss Starling“, sagte er mit rauer, sexy Stimme, die sie augenblicklich in ihrem Intimbereich spürte. „Sag mir, was ich machen muss.“

Angestrengt versuchte sie, die Hitze zu ignorieren, die in ihr aufstieg. „Du musst dich auf deinen Wolf konzentrieren. Vielleicht kannst du ja shiften, um ihm noch näher zu sein.“

Er zog eine Augenbraue hoch. „Du willst mich doch nur nackt sehen, hab ich recht?“

Fast hätte sie sich verschluckt. „Nein! Ich dachte nur—“

Sein Grinsen wurde zu einem ausgewachsenen Lachen. *Er lachte.* Über sie.

Sie kniff die Augen zusammen. „Vielleicht *solltest* du shiften. *Mich* hast du ja schon nackt gesehen – das wäre also nur fair.“

Sein Lachen ebbte ab und sein heißer Blick kehrte zurück. Bevor sie noch irgendwas sagen konnte, war er zu dem wunderschönen schwarzen Wolf mit dem struppigen Fell geshiftet, dem sie neulich bei ihrem morgendlichen Waldlauf begegnet war. Im Kontrast zu seinem schwarzen Fell leuchteten seine strahlend blauen Augen jetzt noch stärker. Ganz offensichtlich war er kein weißer Wolf, aber *er war wunderschön*. Sowohl als Mann als auch als Wolf. Das machte keinen Unterschied für sie.

Sie wurde förmlich von ihm angezogen und kniete sich in die Farne, um auf Augenhöhe mit seiner Wolfsgestalt zu sein. Bevor ihr klar wurde, was sie da tat, streckte sie die Hand nach ihm aus, so wie beim letzten Mal—

Er zog den Kopf weg.

Sie erstarrte mitten in der Bewegung und ihre Hand hing zwischen ihnen in der Luft. „Ich wollte nur…" Sie schluckte. „Dein Fell ist so schön. Darf ich es anfassen?" Verstand er sie eigentlich, wenn er in seiner Wolfsform war? Sie war noch nie in Gesellschaft anderer geshiftet, aber obwohl ihr Biest sie in ihrer Wolfsgestalt komplett eingenommen hatte, war sie trotzdem immer noch in der Lage gewesen, zu hören und zu denken.

Dann senkte er den Kopf wieder und lud sie ein, ihn zu berühren.

Skylar ließ eine Hand in seinen dicken und erstaunlich weichen Pelz gleiten. Dann grub sie ihre Finger noch tiefer in sein Fell, nicht fest, sondern um sanft die Haut darunter zu massieren. Er reckte sich ihr entgegen und ein zufriedenes Grollen rumorte in seiner Brust. Sie hob auch die andere Hand, ließ sie über das Fell in seinem Nacken hinter seine Ohren gleiten und kraulte ihn. Das Grollen wurde noch tiefer und stärker.

Sie hielt die ganze Zeit über die Luft an. Ihn so zu berühren, hatte etwas so Zärtliches und Liebevolles, dass ihr Herz schmerzte. Dann legte sie ihm die Hände auf die Wolfswangen und starrte in seine strahlend blauen Augen.

„Du musst dich auf die Magie deines Wolfs konzentrieren“, sagte sie leise und ihr Flüstern ging beinahe im Rauschen des Waldes unter. „Du hast eine gewaltige Kraft in dir. Du musst dich einfach langsam zu ihr vortasten und die elementare Magie anzapfen, die durch dein Blut strömt. Sie ist ein Teil von dir. Verleugne sie nicht. Sperr sie nicht weg.“ Wieder brannten ihr Tränen in den Augen und sie wünschte sich, sie könnte dasselbe tun. Ihre Wolfsnatur geheim zu halten, fraß sie langsam von innen auf. Sie konnte spüren, wie es immer mehr an ihr nagte – wie es aus ihr herausbrechen und frei sein wollte, und Daniel in seiner Wolfsgestalt zu streicheln, wühlte ihre Wölfin dermaßen auf, dass Skylar es kaum aushielt. Sie wollte shiften. Mit ihm zusammen laufen. Die Freiheit haben, zu diesem Teil von ihr zu stehen.

Daniel hingegen hatte die Augen geschlossen und sein Wolfsgesicht lag noch immer schwer in ihren Händen, während er versuchte, seinen inneren Hexer heraufzubeschwören. Und während sie ihn so berührte, konnte sie sie spüren – die knisternde Magie, die durch sein Fell und in ihre Finger strömte. Er *war* ein mächtiger Hexer – ein Wolfshexer. Sie konnte fühlen, wie sich die Magie in ihm regte. Aber es war noch weit entfernt und flackerte wie eine schwache Kerzenflamme, die von einer kleinen Brise ausgelöscht werden konnte. Oder vielleicht wie schwelende Kohlen, die Skylar zum Glühen bringen konnte, wenn sie ihnen ausreichend Liebe zuhauchte.

Doch dann flackerte diese aufkeimende Magie erneut und erlosch.

Daniel wich zurück und zog sein Gesicht aus ihrem sanften Griff. Er schüttelte den Kopf, als versuchte er, etwas loszuwerden, dann wandte er sich ab und nahm mit dem Maul seine Klamotten auf. Kurz darauf shiftete er zurück in seine Menschengestalt – mit dem Rücken zu Skylar. Schnell sprang sie auf die Füße und wandte sich mit hochrotem Gesicht ab, damit er sich anziehen konnte. Sie hörte, wie er sich mit einem leicht frustrierten Knurren die Jeans überstreifte.

„Du hast dich so gut geschlagen“, sagte sie in den Wald vor sich hinein, da sie sich nicht umdrehen wollte. Selbst der flüchtige Anblick seiner nackten Rückseite hatte sich bereits in ihr Gedächtnis gebrannt. Jeder einzelne Muskel dieses Mannes war wie in Stein gemeißelt und verströmte pure Männlichkeit – von seinen massigen Schultern bis runter zu seiner schmal zulaufenden Taille und dem köstlich geformten nackten Hintern. Es fiel ihr schwer, sich auf ermutigende Worte zu konzentrieren, während sie nur daran denken konnte, jetzt seine nackte Haut anstelle seines Fells berühren zu wollen. „Ich bin mir sicher, dass du mit etwas mehr Übung—“

„Skylar.“ Seine sanfte Stimme war direkt an ihrem Ohr und ließ sie zusammenfahren. Sie fuhr herum und sah ihn an. Er war wieder angezogen und es lag ein weicher Ausdruck auf seinem Gesicht. „Danke für den Versuch, aber ich glaube einfach nicht, dass ich das hinkriege. Ich traue meinem weißen Wolf nicht genug, um ihn hervorzuholen. Ich *will* nicht einmal, dass er rauskommt.“

Sie runzelte die Stirn. „Aber wieso nicht?“ Ihre Finger wollten unbedingt sein Gesicht berühren, so nah und offen vor ihr, mit diesen dichten Wimpern und wunderschönen blauen Augen.

Er zog eine Grimasse und zögerte.

„Du willst es mir nicht sagen. Ist schon okay. Es geht mich ja auch nichts an." Doch ihr Herz hoffte, dass er es dennoch tat. Irgendetwas machte ihm bei dieser Sache Angst und die wollte sie unbedingt vertreiben. Sie wollte ihm wieder dieses sexy Lächeln ins Gesicht zaubern.

„Nein", sagte er. „Ich will es dir nicht sagen. Aber du solltest es trotzdem wissen. Besonders wenn du Zoe helfen willst."

Ihr Herz wurde leichter. Sie nickte und wartete geduldig.

„Mein Großvater war ein weißer Wolf", sagte er und sie sah, wie sich seine Schultermuskeln unter dem T-Shirt anspannten. „Und außerdem ein Mörder und Ehebrecher. Er hat mit der Partnerin seines Bruders geschlafen, der auch der Alpha des Wilding-Rudels war. Normalerweise ist sowas durch den Unterwerfungsbund buchstäblich nicht möglich."

Sie nickte erneut – sie hatte Nachforschungen über Wölfe angestellt, also wusste sie alles über den magischen Unterwerfungsbund, den Rudelmitglieder mit ihrem Alpha eingingen. Oder

Wölfinnen mit ihrem Partner. Es war eine buchstäblich magische Verbindung in ihrem Blut, ein Schutz- und Verteidigungsschwur, der es beinahe unmöglich machte, bestimmte Dinge zu tun – wie zum Beispiel ihren Alpha in irgendeiner Form zu hintergehen.

„Nur ein weißer Wolf – im Grunde also ein *Hexer* – hätte diesen Unterwerfungsbund brechen und die Partnerin des Alphas vögeln können. *Die Partnerin seines Bruders*. Und als er schließlich aufflog, hat er sie beide getötet."

Sie verzog das Gesicht. Es war verständlich, warum er nicht zu diesem Teil seiner Familiengeschichte gehören wollte. „Deswegen hasst du Hexen also so. Ich meine, abgesehen von den ganzen anderen Gründen, warum Wölfe uns hassen müssen."

Er ließ die Schultern hängen und seine Miene wurde weicher. „Manche Hexen sind ganz in Ordnung."

Ein Lächeln stahl sich auf ihr Gesicht. „Ich weiß nicht. Wahrscheinlich solltest du mir auch nicht trauen. Ich könnte auch Geheimnisse haben, von denen du nichts weißt." Sie biss sich auf die Lippe und hielt es kaum aus, ihm nicht von ihrer inneren Wölfin zu erzählen. *Ich bin mehr als nur eine*

Hexe! Aber diese Worte durften ihren Mund nicht verlassen.

„Was für Geheimnisse haben Sie denn, Miss Starling?“ Der heisere Klang seiner Stimme sandte erneut Hitzewellen in ihren Intimbereich. Er starrte auf ihre Lippen, als wollte er sie küssen.

Er beugte sich näher zu ihr und plötzlich malten seine Fingerspitzen eine heiße Linie über ihre Wange. Magie funkte zwischen ihnen und tanzte dort, wo er sie berührte, über ihre Haut, wie es bei allen Hexen passierte – seine innere Magie streckte sich nach ihrer aus, um sich mit ihr zu verbinden.

Sie wollte so sehr, dass er die Lücke zwischen ihnen schloss und sie küsste, dass es ihre Brust aushöhlte und ihr die Luft als keuchendes Seufzen entwich. Aber sie durfte nicht zulassen, dass das passierte – wenn sie Daniel Wilding küsste, würde es nicht beim Küssen bleiben. Sie würde ihm die Klamotten vom Leib reißen und ihn anflehen, sie zu nehmen, sie zu halten… *zu lieben.* Sie würde *alles* wollen – aber sich als Wölfin zu outen, würde bedeuten, ihren Hexenzirkel für immer verlassen zu müssen. Ihr Zuhause, ihre Familie, all die Menschen, die sie jemals gekannt und geliebt hatte…

Sie wich zurück und zerstörte den innigen Moment zwischen ihnen.

Enttäuschung trübte seinen Blick.

„Die Geheimnisse einer Hexe willst du nicht wissen“, sagte sie mit zitternder Stimme und schlang die Arme um sich, um die Kälte seiner Enttäuschung abzuwehren. „Manche Dinge sollten besser unentdeckt bleiben.“

Dann wandte sie sich ab, rannte davon und ließ Daniel alleine im Wald zurück.

Kapitel Fünf

Geheimnisse.

Daniel hätte nur zu gerne gewusst, welche Geheimnisse Skylar Starling vor ihm verbarg, aber seit sie sich vor zwei Tagen im Wald begegnet waren, wo sie ihre Finger tief in seinem Fell vergraben hatte und sich fast von ihm hätte küssen lassen, war sie auf Abstand gegangen und hatte sich ihm gegenüber verschlossen. Zwar war sie bei jeder Trainingseinheit dabei, half den anderen und erkundigte sich, wann Zoe wieder dabei sein würde, aber dieser kurze Moment, in dem sie sich ihm geöffnet hatte… war vorbei.

Und das störte Daniel weitaus mehr, als ihm lieb war. Weitaus mehr, als es *sollte*. Ja, sie war heiß. Ja, sie hatte eine unerwartet süße und verletzliche

Seite. Aber sie war immer noch eine Hexe. Sein Alphawolf sollte keinen überbordenden Beschützerinstinkt entwickeln, sollte nicht das Verlangen haben, ihre Geheimnisse herauszufinden, sie festzuhalten und vor Unheil zu bewahren. *Sie war eine verdammte Hexe* – sie konnte ihn mit ihrem kleinen Finger verbrennen, wenn sie wollte.

Aber sie wollte nicht.

Stattdessen wollte sie sein Fell streicheln, seinen inneren Hexer zum Leben erwecken und zärtlich und behutsam herausfinden, warum er gegen seinen weißen Wolf ankämpfte. Dabei hatte sie etwas ungeheuer Verletzliches an sich… doch er konnte nicht genau sagen, was das war. Was seinen Wolf absolut rasend machte.

Und das war an diesem Morgen nicht anders.

Sie waren wieder draußen auf dem Feld und trainierten: Skylar warf verschiedene, magisch erschaffene Vögel aus bläulicher Energie in die Luft und die weißen Wölfe – Kaden, Owen und Noah – versuchten abwechselnd, diese abzuschießen. Das machten sie jetzt schon ungefähr eine Stunde und wurden immer besser dabei. Daniel hielt sich am Rande des Trainingsfelds auf, unterhielt sich mit Troy und sah zu, wie Skylar mit den anderen herumalberte, während er versuchte, sein inneres

Tier niederzuringen und es dazu zu bekommen, sich zu benehmen. Oder zumindest damit aufzuhören, so unverhohlen nach der zierlichen Hexe zu lechzen, die da draußen auf dem Feld zauberte.

Doch da er nicht sehr viel Erfolg damit hatte, konzentrierte er sich stattdessen auf Troys Probleme. Zwischen ihm und Zoe herrschte dicke Luft und er ging ihr seit Tagen aus dem Weg – doch was auch immer da vorgefallen war, sie mussten es möglichst bald aus der Welt schaffen, wenn Zoe sich ihrem Team anschließen sollte.

„Und, wie geht es Zoe?“, fragte Daniel.

„Das weiß ich genauso wenig wie du.“ Troy schnitt eine Grimasse und warf einen flüchtigen Blick zum Hauptgebäude.

Daniel musste gegen die Morgensonne anblinzeln, als er zum Haus hinüberspähte. „Ist sie in den letzten vier Tagen überhaupt aus ihrem Zimmer gekommen?“

„Nicht, dass ich wüsste.“ Er verschränkte die Arme und sah wieder aufs Feld.

„Vielleicht sollte ich mal mit ihr reden“, sagte Daniel. „Es sei denn, du willst das übernehmen?“

„Ich stehe bei ihr auf der schwarzen Liste, Daniel,“ sagte er mit hartem Blick.

„Was zum Teufel hast du denn getan?“

„Versucht, sie zu küssen.“

Daniel seufzte und blickte finster zu Skylar auf dem Feld. „Japp, manchmal reicht das schon.“

Ein Lächeln umspielte Troys Lippen. „Oha. Klingt ja so, als hättest du auch was zu erzählen. Willst du?“

„Nö.“

Troy schmunzelte und blickte erneut zum Haus. Nur dass er sich dabei dieses Mal komplett herumdrehte. „Äh… hast du den Bürgermeister zum Training eingeladen?“

Was? Daniel fuhr herum und sah ebenfalls zum Haus. Und tatsächlich kamen der Bürgermeister von Seattle, Grace Krepky, Mama River und Zoe über den schmalen Grasstreifen zwischen dem Haupthaus und dem Trainingsfeld auf sie zu.

„Nein, habe ich nicht“, erwiderte Daniel. Was zur Hölle ging hier vor sich? Grace war eine weiße Wölfin und wusste von Daniels Team. Er hatte kein Problem damit, dass sie hier auftauchte, aber er war davon ausgegangen, dass sie genug gesunden Menschenverstand besaß, die Sache geheim zu halten, anstatt es dem verdammten Bürgermeister von Seattle unter die Nase zu reiben. Doch sie brachte Zoe mit, immerhin das war gut. *Vermutlich.* Zoe ging mit Mama River ein Stück hinter den anderen und sah aus, als hätte man sie mit vorgehaltener Waffe dazu gezwungen, mit aufs Feld zu kommen.

Als sie näherkamen, begrüßte Zoe Troy mit einem „Hey“, das fast genauso gequält klang, wie ihre Miene wirkte.

„Hey“, erwiderte Troy. Himmel, die Anspannung zwischen den beiden war förmlich greifbar.

Skylar und die anderen hatten ihr Training unterbrochen und kamen herüber, um den Bürgermeister und seine Begleiter zu begrüßen. *Na großartig.*

Grace räusperte sich. „Ich hoffe, es macht euch nichts aus, dass wir euer Training unterbrechen“, sagte sie. „Aber ich habe dem Bürgermeister von eurem Dreamteam hier erzählt.“

Daniel sah sie missmutig an, schluckte die Worte, die ihm auf der Zunge lagen, aber runter, weil Skylar mittlerweile neben ihm aufgetaucht war und ihn besorgt anschaute. Owen, Kaden und Noah standen mit vor der Brust verschränkten Armen hinter ihr und dachten wahrscheinlich genau dasselbe wie Daniel – *was zur Hölle sollte das?*

„Bist du dir sicher, dass das eine gute Idee ist, Grace?“, fragte er.

„Tut mir leid, Daniel“, sagte Grace. „Ich hätte

das wohl vorher mit euch abklären sollen. Aber ich habe gehört, dass ihr mit euren Übungen Fortschritte macht, und ich dachte, dass der Bürgermeister darüber Bescheid wissen sollte. So gehen wir sicher, dass ihr keinen Ärger bekommt, falls ihr tatsächlich in eine Auseinandersetzung mit dem Wolfsjäger geratet."

Daniel war sich da nicht so sicher, nickte aber trotzdem. Es gab keinen Grund, den Bürgermeister unnötig zu verärgern. Er neigte den Kopf in dessen Richtung. „Wie viel weiß er schon?" Wie weit war der Bürgermeister wohl schon in ihre Angelegenheiten eingeweiht? Daniel warf einen kurzen Blick zu Zoe, die sich mit jeder Sekunde unwohler zu fühlen schien. Das Mindeste, das er tun konnte, war sie aus dieser Sache herauszuhalten – soweit er wusste, wusste niemand außerhalb des Teams, dass sie eine weiße Wölfin war. Dabei konnte er es gerne belassen. Grace hingegen…

„Der Bürgermeister weiß natürlich, dass ich eine weiße Wölfin bin", sagte Grace. „Aber ich dachte mir, eine kleine Vorführung wäre das Beste, um ihm den Rest zu zeigen."

Daniel sah sie finster an. *Eine Vorführung?* Na klasse. Aber das konnte er jetzt wohl nicht mehr ablehnen. Er nickte, wandte sich dann seinem

Team zu und führte sie wieder aufs Feld hinaus, weg vom Bürgermeister. Troy blieb bei Zoe zurück, was gut war. Sie konnten sie nach wie vor gut im Team gebrauchen und Daniel wollte nicht, dass sie das hier endgültig abschreckte.

„Okay, Leute“, hörte er Troy hinter sich zu dem Mini-Publikum bestehend aus Zoe, Mama River, Grace und dem Bürgermeister sagen. „Wenn wir hier eine Demonstration bekommen, wäre mir deutlich wohler, wenn ihr etwa zehn Schritte Abstand nehmen könntet.“ Er geleitete sie an den Rand des Feldes, gut zwanzig oder dreißig Meter von der Stelle entfernt, wo Daniel, Skylar und der Rest sich aufgestellt hatten.

Skylar begann die Vorführung, indem sie eine blaue Energiekugel heraufbeschwor, die sie über ihrer Hand schweben und dann leicht hüpfen ließ, sodass deren magisches Knistern über das ganze Feld hinweg zu hören war. Dann warf sie die Kugel Owen zu, der sie mühelos auffing und an Noah weitergab. Noah schlug sie wiederum mit Schwung zu Kaden, der den Kreis schloss, indem er die Kugel einmal um sich kreisen ließ und dann in Skylars Richtung zurückschickte. Sie gingen aber auf Nummer sicher und achteten darauf, es nicht zu wild mit ihrer Magie zu treiben. Daniel warf einen verstohlenen Blick zu ihrem Publikum. Der Bürgermeister und Mama River wirkten gebührend beeindruckt.

Daniel wandte sich wieder seinem Team zu. „Okay, ihr Spaßvögel. Lasst mich bloß nicht schlecht aussehen."

„Alles klar, Chef." Noah zauberte eine weitere Kugel herbei, sodass sie sich jetzt zwei Energiebälle gleichzeitig im Kreis zuwerfen mussten, was kein leichtes Unterfangen war.

„Und fackelt bitte nicht Mama Rivers Wald ab, während sie dabei zusieht, okay?", fügte Daniel hinzu.

„Warum hilfst du uns nicht, Süßer?", fragte Skylar mit schelmischem Grinsen, während sie einen der Bälle in hohem Bogen über die Köpfe der Gruppe hinweg warf und dieser zielsicher in Kadens Händen landete.

Daniel hob die Hände und trat ein paar Schritte zurück. „Jetzt ist nicht der richtige Zeitpunkt für mich, um einzusteigen." Ganz zu schweigen davon, dass er es immer noch nicht schaffte, sich mit seinem weißen Wolf zu verbinden, obwohl er es noch ein paar Mal versucht hatte, nachdem er sich mit Skylar im Wald getroffen hatte.

Doch anstatt es dabei zu belassen, schlug Skylar

eine der magischen Kugeln beiseite, stemmte die Hände in die Hüften und sah Daniel herausfordernd an. „Das ist genau der richtige Zeitpunkt“, sagte sie. „Immerhin will der Bürgermeister entscheiden, ob er die Zulassung unseres Teams *genehmigt* oder *ablehnt*.“ Ein blauer Energieball schwirrte auf sie zu. Fast hätte Daniel ihr zugerufen, um sie zu warnen, aber sie fing den Ball ohne hinzusehen auf und klatschte in die Hände, um ihn verschwinden zu lassen. Dann wandte sie sich Owen zu und rief: „Zeigen wir dem Bürgermeister mal die Schutzschilde, an denen wir gearbeitet haben.“

Verblüfft sah Daniel zu, wie Owen wie bei einer Kampfkunstfigur mehrere präzise Handbewegungen vor seinem Körper ausführte – und sich langsam ein blauer Schild um ihn herum bildete. Noah und Kaden begannen, es Owen nachzumachen und ihre eigenen Schilde zu erzeugen.

„Was ist das?“, fragte Daniel Skylar, als sie zu ihm geschlendert kam.

„Etwas, von dem Troy uns erzählt hat. Anscheinend ist Zoe die Königin der magischen Schutzschilde, und da dachte ich mir, dass die Jungs da nachziehen sollten.“ Sie grinste.

Er zog eine Augenbraue hoch. „Und wann ist das passiert?“

„Während du damit beschäftigt warst, *kein* weißer Wolf zu sein.“ Herausfordernd reckte sie ihm das Kinn entgegen.

Er seufzte und betrachtete die Schutzschilde, die die anderen erfolgreich um sich herum aufgebaut hatten. Angriffe mit magischer Energie waren eine Sache – aber so ein Schild konnte ein Leben retten. Oder sogar mehrere. Wenn er so etwas auch lernen könnte…

Skylars trotziger Gesichtsausdruck wurde weicher, als hätte sie direkt in seinen Kopf gesehen und mitbekommen, wie er dort mit sich rang. Dann nahm sie seine Hand und hielt sie fest – das vertraute Knistern magischer Energie zischte über seine Handfläche, als sie mit ihren Fingerspitzen sanft die Linien darauf nachzeichnete. Mit ihren hübschen grünen Augen sah sie zu ihm auf. Wenn sie ihn jetzt fragen würde…

„Du bist nicht dein Großvater“, sagte sie sanft und so leise, dass nur sie beide es hören konnten. „Du bist kein Mörder oder Ehebrecher.“

Daniel schüttelte den Kopf. „So einfach ist das nicht—“

Sie schnitt ihm das Wort ab, indem sie ihre

Handfläche gegen seine presste und ihn durch den angenehmen Funken dieser Berührung ablenkte. „Du bist ein wunderbarer Alphawolf, der ein Team aus magischen Wolfshexern auf die Beine stellt, um einen *wahrhaftigen* Bösewicht zur Strecke zu bringen. Einen, der deine Familie angegriffen hat."

Wieder schüttelte er den Kopf. „Sie brauchen keinen—"

„Sie *brauchen* dich, Daniel", sagte sie entschieden. „Sie brauchen jede Hilfe, die sie bekommen können, wenn sie das alles hier überleben wollen."

Ach, verdammt. Er ließ den Kopf in den Nacken fallen, um für einen Moment in den Himmel zu starren.

Sie hatte recht. Wenn er das wirklich tun konnte, dann war er dazu verpflichtet, seine Vorurteile und seine Wut auf die Vergangenheit abzulegen und es verdammt nochmal einfach zu machen. Wenn er ein weißer Wolf war – und laut Skylar schlummerte dieser in ihm – dann musste er einen Weg finden, wie er damit seinem Team helfen konnte. Das hatte oberste Priorität.

„Na gut. Wie mache ich das?" Er zog seine Hände aus ihrem Griff und wich etwas zurück, um genug Abstand zu ihr zu haben – nur für den Fall, dass er es verbockte.

Skylar grinste so breit, dass er schon befürchtete, sie würde gleich schallend loslachen. Aber das tat sie nicht – sie trat nur ein paar Schritte zurück und hob die Stimme, damit er sie über das knisternde Geräusch der Schutzschilde hinweg noch hören konnte. „Stell dir vor, dass du dich in die schützende Energie deines Wolfes einwickelst. Du kennst dieses Gefühl – diese Sicherheit und Stärke in der Magie deines Wolfes. Hüll dich einfach darin ein, als würde sie dich physisch umgeben."

Daniel schielte auf die Bewegungen der anderen und versuchte, diese möglichst gut nachzuahmen. Er kam sich wie ein Idiot vor.

„Greif in dein *Innerstes*", rief Skylar.

Daniel schloss die Augen, um sich besser konzentrieren zu können. Er hatte die *Stärke* seines Wolfes schon immer gespürt, doch er hatte sie nie als einen separaten Teil betrachtet, den er irgendwie aus sich herausholen konnte. Aber jetzt stellte er sich genau das vor – er griff tief in sich hinein und fand diese Energiequelle, dehnte sie und ließ sie wachsen, bis die Energie aus seinem Körper herausströmte. Fast hätte er schwören können, dass das alles nur in seinem Kopf passierte, bis sich plötzlich seine Armhärchen aufstellten und etwas um ihn herumschwirrte, das sich wie ein Sturm aus statischer Elektrizität anfühlte. Er riss die Augen auf.

Heilige Scheiße. Er war von einem sehr hellen, bläulichen Schimmer magischer Energie umgeben.

Skylar schlug grinsend die Hände zusammen.

Er ließ seine Hände weiter kreisen und spürte jetzt die Verbindung zwischen seinen Handbewegungen und der Kraft des wirbelnden, wachsenden Schutzschildes um ihn herum. Als er seine Arme noch schneller bewegte, wurde auch sein Schild stärker und stabiler. Dann begann sein Schutzschild zu *wachsen*… und schwoll an, bis er nicht länger nur Daniels Körper umgab, sondern sich über die Hälfte des Trainingsfeldes erstreckte und die anderen weißen Wölfe und Skylar mit umschloss. Die Energie des Schildes schien aus einer unendlich tiefen Quelle in seinem Inneren gespeist zu werden und wurde immer stärker und stärker. Aus Angst, dass zu viel Energie aus ihm herausströmen könnte, stellte er seine kreisenden Bewegungen ein und plötzlich – fiel die Blase in sich zusammen und schoss wie ein losgelassenes Gummiband auf ihn zu! Eine Wand aus Elektrizität krachte mit voller Wucht gegen seinen Körper und warf ihn zu Boden.

Daniel blinzelte benommen in den Himmel.

Skylar beugte sich mit entsetztem Gesicht über ihn. „Daniel. Daniel! Sag doch was!"

Das Klingeln in seinen Ohren ließ schnell wieder nach. Er fühlte sich noch etwas benebelt, war aber unverletzt. Seine ganze Magie war einfach in ihn zurückgesaugt worden, was sich ein bisschen so angefühlt hatte, als hätte man ihn einmal auf links gedreht und dann wieder zurechtgeschüttelt.

„Mir… ts… gut", nuschelte er, da seine Zunge ihm noch nicht ganz gehorchen wollte. Er rappelte sich aus dem Gras in den Sitz hoch und winkte den anderen auf dem Feld zu, um alle wissen zu lassen, dass es ihm gut ging.

Skylar warf ihm die Arme um den Hals und drückte ihn fest. „Oh, der Göttin sei Dank!"

Das Gefühl, wie sich ihr süßer kleiner Körper an seinen presste, war viel zu schön, um sie von sich zu schieben. Also ließ er sich noch einen Moment länger von ihr umarmen, bevor er wieder mit normaler Stimme und ohne Rauschen im Kopf sagte: „Hey, mir geht's gut. Ehrlich." Mühsam stand er auf, doch Skylar wich nicht einen Zentimeter zurück. Sie hatte immer noch die Arme um seinen Hals geschlungen und die prallen kleinen Brüste unter ihrem engen T-Shirt gegen seine Brust gedrückt, während sie ihn mit diesen wunderschönen grünen Augen – in denen immer noch jede Menge Sorge lag – ansah.

„Bist du sicher, dass es dir gut geht?" Da war ein Hauchen in ihrer Stimme, das Daniels Wolf neugierig aufsitzen ließ.

„Ja." Fast ohne sein Zutun legten sich seine Arme um ihre schmale Taille.

„Du hast es geschafft", sagte sie leise.

Er hob seine Hand, strich ihr langsam mit den Fingern über die Wange und genoss das elektrische Kribbeln, das dabei entstand. Er konnte nicht sagen, ob es *seine* oder *ihre* Magie war, aber es war definitiv etwas Magisches. „Nur dank dir."

Ihr Atem ging immer noch ungewöhnlich schwer und sie sah ihn weiterhin mit diesen umwerfenden Augen an. Aus den Augenwinkeln nahm Daniel drei weiße Schemen am Rande des Feldes wahr – Owen, Noah und Kaden hatten sich in weiße Wölfe verwandelt und er sah gerade noch, wie sie im Wald verschwanden.

Lächelnd wandte er sich wieder an Skylar. „Ich schätze, die Show ist vorbei."

Doch sie starrte den anderen Wölfen mit einem wehmütigen Ausdruck im Gesicht hinterher.

„Was ist los?", wollte Daniel wissen und versuchte, ihren Blick einzufangen.

Als sie sich wieder zu ihm umdrehte, blinzelte sie etwas zu stark. „Kann ich dir etwas erzählen?“, fragte sie mit zittriger Stimme.

„Ja, natürlich.“ Daniel wartete, aber dann erregte plötzlich irgendein Tumult am Rande des Feldes ihre Aufmerksamkeit. Das Publikum löste sich auf und der Bürgermeister eilte hastig davon, während sich ein besorgter Ausdruck auf die übrigen Gesichter zu legen schien.

Oh nein. So nicht. Er würde *nicht* zulassen, dass was auch immer sich da gerade mit dem Bürgermeister abspielte, Skylar davon abhielt, ihm ihr Geheimnis zu verraten.

Er nahm ihre kleine Hand in seine. „Komm mit.“ Dann führte er sie zum Wald.

Sie hätte sich widersetzen können. Sie hätte nur ein einziges Wort oder zögerliches Geräusch äußern müssen, und er hätte sie augenblicklich losgelassen, doch stattdessen hielt sie mit ihm Schritt und eilte genauso schnell wie er auf den Waldrand zu, als könnte sie es kaum erwarten, endlich im Schutz des Waldes zu verschwinden. Und durch all seine morgendlichen Ausflüge und Trainingsläufe, die er im fleckigen Sonnenlicht unter dem grünen Baumkronendach absolviert hatte, kannte er diesen wie seine Westentasche. Er wusste ganz genau, wo er mit Skylar hingehen würde – tief in den Wald hinein, abseits der üblichen Wege, wo niemand sie stören konnte.

Sie hinterfragte es auch nicht, obwohl es eine Weile dauerte, bis sie ihr Ziel erreicht hatten. Was ihm etwas Zeit gab, darüber nachzudenken, was er sagen wollte. Denn es ging ihm nicht nur darum, Skylars Geheimnis zu erfahren, was auch immer das sein mochte – er wollte *alles* über sie wissen. Er war ein halber Hexer – was er jetzt endgültig akzeptierte, nachdem seine Magie buchstäblich in ihm aufgebrandet war und einen undurchdringlichen Schild gebildet hatte, mit dem er seine Lieben beschützen konnte, bevor sie Daniel dann auf ihrem Weg zurück in seinen Körper ins Gesicht geklatscht war. Die Magie war nicht nur *in* ihm, er *war* die Magie. Und er konnte sie kontrollieren – dessen war er sich jetzt sicher. Sein Wolf wurde von seiner Hexenmagie nicht unterdrückt, sondern *gestärkt*, und er wollte nur noch mit Skylar alleine sein und ihr erklären, was sein Wolf ihm schon die ganze Zeit über einhämmerte – dass sie zu ihm gehörte.

Ja, sie war eine Hexe. Aber verdammt, *er ja auch.* Und sein mit Hexenmagie aufgeputschter Wolf wollte nichts lieber, als diese kleine Hexe sein zu machen.

Er hatte keine Ahnung, wie das überhaupt funktionieren sollte, aber er wollte Skylar Starling jetzt endlich küssen und es herausfinden.

Endlich erreichten sie eine versteckte Lichtung im Wald, die er irgendwann mal zufällig entdeckt hatte. Er schob sich durch ein Gewirr aus herunterhängenden Ästen und führte Skylar auf die Lichtung. Ein ungleichmäßiger Kreis aus großen, buschigen Farnen und herabhängenden Zweigen umgab sie jetzt. Sie waren nicht völlig vom Wald abgeschnitten, aber man hätte sich schon durch eine Menge Gestrüpp kämpfen müssen, um zu ihnen zu gelangen – dieser Ort hätte kaum abgeschiedener liegen können.

Er drehte sich um und seine Hände landeten ganz automatisch auf Skylars Schultern und zogen sie zu ihm. Sein Atem beschleunigte sich bereits aufgeregt, als er sagte: „Also, Miss Starling, ich würde liebend gerne all deine Geheimnisse erfahren. Aber vorher will ich noch etwas ausprobieren."

„Was—"

Er ließ sie nicht ausreden, sondern zog sie stürmisch zu sich und hielt ihren Kopf so, dass er seinen Mund auf ihren pressen konnte. Sofort erwiderte sie den Kuss und er tauchte mit seiner Zunge in sie ein und schmeckte ihre Süße. Sein Schwanz reagierte augenblicklich auf ihr sanftes Wimmern und spannte seine Jeans. Er zog Skylar noch näher an sich, presste ihren heißen kleinen Körper gegen seinen, und ließ sie all das spüren, was er für sie empfand. Ihre kleinen Hände packten seine Schultern, als könnte sie sich nicht fest genug an ihn klammern, und das leise Stöhnen, das ihren Mund verließ, während er sie küsste, ließ seinen Puls rasen.

Gott, sie schmeckte so gut. Aber er musste sich zusammenreißen, oder er würde sie direkt hart und schnell an einem Baum nehmen, bevor sie überhaupt mit ihm reden konnte. Oder bevor er die Möglichkeit bekam, ihr zu sagen, dass er sie nicht bloß körperlich begehrte… sondern so viel mehr von ihr wollte.

„Skylar", hauchte er und unterbrach ihren wahnsinnig heißen Kuss.

„Ja", sagte sie mit leicht geschwollenen Lippen. Dieses eine Wort war wie eine Versprechung – als würde sie zu allem *Ja* sagen, um das er sie bitten würde.

Sein Schwanz zuckte und drückte hart gegen seine Hose, während ein Knurren in seiner Brust rumorte. Er wollte diese Frau *so unbedingt*, dass es ihn große Überwindung kostete, ihr Gespräch nicht einfach zu vergessen und sich wieder über ihren Mund herzumachen.

„Erzähl es mir“, sagte er, während er ihren süßen Körper bewusst ein Stück von sich wegschob. „Ich will alles wissen. Und danach will ich *dich*, Skylar. Ich will dieses kleine Stöhnen und noch so viel mehr von dir hören.“

Ihre Augenlider waren vor Erregung halb geschlossen, sprangen jetzt aber wieder auf, als könnte sie kaum glauben, was er da sagte – *er selbst* konnte die Vehemenz, mit der er diese Worte fühlte, kaum glauben, aber er meinte jedes einzelne genau so, wie er es sagte.

„Ich…“ Skylar schluckte und wirkte plötzlich wieder verunsichert. „Ich habe ein Geheimnis.“

Ihre Nervosität ließ seinen Wolf aufbegehren und unter seiner Haut verrückt werden. „Ich weiß, Süße. Was auch immer es ist, du kannst es mir sagen. Ich werde es niemandem verraten. Darauf hast du mein Wort.“ Wusste sie, wie todernst er seine Versprechen nahm? Sie nickte, als wüsste sie es.

Sie biss sich auf die Lippe, zögerte noch etwas und sagte schließlich: „Ich bin eine Wölfin.“

Alles in ihm erstarrte. „Du bist eine… *was*?“ Er konnte sie unmöglich richtig verstanden haben.

Unbehaglich wandte sie sich unter seinem Griff an ihren Schultern. „Ich weiß nicht genau, wie das passieren konnte. Soweit ich weiß sind meine Mutter und mein Vater beide reinrassige Hexen. *Jeder* weiß das. Doch es muss da irgendwann irgendwen in meinem Stammbaum gegeben haben…“

„Irgendeine Hexe mit einem Faible für Wölfe.“ Sein Puls begann zu rasen. Hieß das etwa das, was er dachte? War das überhaupt möglich?

Sie ließ den Kopf hängen, als müsste sie sich dafür schämen. Und vielleicht war das für sie auch so… „Und du kannst es keinem erzählen“, mutmaßte er. „Du würdest Schande über deinen Hexenzirkel bringen.“

Sie sah zu ihm auf und er hasste es, dass ihr plötzlich Tränen in den Augen standen. „Du darfst es niemandem erzählen, *bitte*. Sie würden mich direkt ausstoßen. Vielleicht sogar verfluchen. Niemand darf das wissen, Daniel. *Niemand*.“ Sie schien verzweifelt darauf zu warten, dass er sein Versprechen bekräftigte, also tat er es.

„Ich habe dir mein Wort gegeben.“ Dann runzelte er die Stirn. „Aber warum erzählst du es mir, wenn du nicht willst, dass es irgendjemand erfährt?“

Seine Worte schienen sie noch näher an den Rand der Tränen zu bringen. „Du hast recht, ich hätte es dir nicht sagen sollen.“ Sie befreite sich aus seinem Griff, ging zu der kräftigen Kiefer hinter ihr und lehnte sich mit vor der Brust verschränkten Armen an deren Stamm. Sie sperrte ihn aus und verschloss sich ihm, schon wieder.

Was wirklich das Letzte war, was er wollte. „Nein. Ich bin froh, dass du es mir erzählt hast.“ Vorsichtig ging er ein paar Schritte auf sie zu und senkte die Stimme. „Ich würde nur einfach gerne wissen, *warum* du dich mir anvertraut hast.“

Sie senkte den Blick und betrachtete die Farne auf dem Waldboden. „Ich erlaube es meiner Wölfin praktisch nie, herauszukommen. Das kann ich nicht riskieren. Und trotzdem…“ Sie sah zu ihm auf. „Fühle ich mich bei euch, als hätte ich endlich ein Rudel gefunden. Oder zumindest sowas Ähnliches. Ich weiß, dass sich das für dich bestimmt dumm anhört, aber ich habe so etwas noch nie gehabt und meine Wölfin… meine Wölfin hat sich die ganze Zeit nach dir gesehnt und nicht aufgehört zu winseln, als wollte sie, dass ich es dir erzähle…“

Ihre Wölfin fühlte sich zu ihm hingezogen.

Sprachlos wich er zurück. Sein Herz raste, während sein ganzes Denken von einem einzigen Gedanken eingenommen wurde – *sie war für ihn bestimmt*.

Wieder senkte sie den Blick. „Ich weiß, es ist dumm—"

„*Nein.*" Er taumelte auf sie zu und seine plötzliche Erkenntnis ließ ihn schwanken – *er hatte sie gefunden.* Sie war eine Hexe, mit einer heimlichen Wölfin in ihrem Innern. Und er ein Wolf, der gerade erst seinen inneren Hexer entdeckt hatte. Sie passten zusammen, als wäre ihr gemeinsames Schicksal in einen magischen Ball aus bläulicher Energie gehüllt worden. Vorsichtig schob er sich näher zu ihr. „Nein, nein, nein. Du verstehst das nicht, meine Liebste, aber wie könntest du auch? Du hattest noch nie ein Rudel. Du hattest niemanden, der es dir hätte erklären können…" Selbst er musste das alles erst noch sacken lassen. Sie war ihr ganzes Leben als Hexe aufgewachsen – sie *war* eine Hexe – aber eben auch eine Wölfin. Und diese Wölfin hatte Sehnsüchte… nach einem Rudel… nach einem Partner.

„Mir was erklären?", fragte sie, aber ihre fest vor der Brust verschränkten Arme lockerten sich etwas.

Er nahm ihre Hände und löste Skylars

verschränkte Arme so endgültig. „Dieses Winseln, von dem du redest. So zeigt dir deine Wölfin, dass sie sich zu einem Partner hingezogen fühlt."

Offene Überraschung trat in ihr Gesicht. „Zu einem Partner?"

„Ja, zu einem Partner." Sein Herz pochte wie wild in seiner Brust. „Jemand, mit dem sich deine Wölfin paaren und durch dick und dünn gehen kann. Und jeder Alpha, der das Glück hätte, sich mit dir zu paaren, würde dich bis ans Ende deines Lebens lieben, schätzen und beschützen." Hörte sie, was er da sagte? Verstand sie es?

Ihre Augen wurden groß. „Meine Wölfin fühlt sich zu dir hingezogen?"

Ja. „Und mein Wolf sich zu dir." Er musste auflachen – er war ohne jeden Zweifel für sie bestimmt und hätte es trotzdem fast nicht bemerkt. „Die ganze Zeit schon. Ich habe es nur nicht begriffen, weil…"

„Weil ich in deinen Augen nur eine Hexe war." In ihrem Gesicht spiegelte sich dieselbe Verwunderung wider, die er auch verspürte.

„Und jetzt bin ich selbst ein Hexer", sagte er mit belegter Stimme, während sein Wolf an die Oberfläche drängte. Um mit Skylar zu schlafen. Um sie für sich zu beanspruchen. Das ging alles so wahnsinnig schnell, aber er konnte sich kaum noch zurückhalten.

Sie wirkte immer noch völlig perplex. „Und du *willst* mich?“

Er ließ eine Hand in ihr kurzes, stacheliges Haar gleiten. „Wenn ich dich noch mehr wollen würde, würde es mich wahrscheinlich umbringen.“ Dann beschloss er, dass sie nun genug geredet hatten und er ihr einfach *zeigen* würde, was er meinte. Er zog sie für einen stürmischen Kuss zu sich heran. Das Stöhnen, das ihr entwich, als seine Zunge ihren Mund eroberte, war alle Ermutigung, die er brauchte. Er ließ eine Hand an ihr herabgleiten, um ihren knackigen Hintern zu packen, und zog sie fest an sich, während er mit der anderen Hand ihre Brust knetete. Sie keuchte in seinen Mund und wölbte ihren Körper seiner Hand entgegen. Ihr Mund presste sich heiß und fordernd auf seinen. Seine Hände schienen sich zu verselbstständigen und suchten fieberhaft Skylars nackte Haut, um erneut diese prickelnde Magie zwischen ihnen zu spüren. Er ließ eine Hand unter ihr enges T-Shirt und den hauchdünnen BH darunter gleiten und konnte endlich ihre nackte Haut und die harte Brustwarze an seiner Handfläche spüren.

Er stöhnte in ihren Mund. „*Gott.* Skylar, Süße,

was *ist* das nur, wenn ich dich berühre? Ich verliere dabei fast den Verstand."

Sie zerrte an seinem T-Shirt und versuchte, ihn davon zu befreien, aber seine Hände waren zu sehr damit beschäftigt, die nackte Haut unter ihrem hinteren Hosenbund zu erkunden, als dass er ihr dabei behilflich sein konnte.

„Das ist unsere Magie", hauchte sie mit einer verrucht sexy Stimme. „Gibt es das bei Wölfen nicht? Tauscht ihr keine Magie aus, wenn ihr euch berührt?"

„Nein", sagte er und knabberte an ihrem Hals. „Aber jetzt gerade gefällt es mir echt verdammt gut, ein Hexer zu sein."

Sie stieß ein kurzes, ausgelassenes Lachen aus, bevor sie wieder zu stöhnen begann. Und er konnte nicht sagen, was ihm besser gefiel. Er drückte sie gegen den Baumstamm hinter ihr, zog seine Hand hinten aus ihrer engen schwarzen Hose heraus und ließ sie vorne wieder hineingleiten. Sie keuchte, als seine Finger über ihre samtweiche Haut strichen und auf dem Weg zu ihrer empfindlichsten Stelle knisternde Magie entfachten. Dann wurde ihr Keuchen zu einem Wimmern, als er sich wieder über ihren Mund hermachte und ihr Stöhnen verschluckte, während seine Finger über die feuchte

Hitze zwischen ihren Beinen glitten. Sie wand sich keuchend, als er sie mit seinem Körper gegen den Baum presste und gerade so viel Platz zwischen ihnen ließ, dass seine Finger ihr weiter lustvolle Qualen bereiten konnten.

Sie warf den Kopf in den Nacken und unterbrach so ihren Kuss. „Oh ja! Daniel… verdammte…“ Sie keuchte so heftig, dass es ihn fast um den Verstand brachte. Er arbeitete sich in ihre Hose vor, ließ zwei Finger in sie gleiten, und sie *kreischte* auf. Selbst an seinen Fingern konnte er das magische Prickeln spüren – was musste es dann erst mit den empfindlichen Nerven ihrer süßen, warmen Vagina anstellen?

„Oh Gott, Skylar“, keuchte er gegen ihren Hals. Sie wimmerte und wand sich so stark, dass er sie mit einer Hand auf ihrer Brust und seinem Mund an ihrem Hals festhalten musste. „Ist das bei Hexen immer so? *Verdammt*, ich muss jetzt sofort in dir sein.“ Seine Fangzähne kamen bereits heraus und das Bedürfnis, sie in ihr zu versenken, ließ den Wolf in ihm aufheulen.

„Ja, oh Gott, bitte, ja.“ Sie zerrte immer noch erfolglos an seinem T-Shirt.

„Hose aus. *Jetzt*“, sagte er mit einem ungeduldigen Knurren. Dann wich er gerade lange genug von ihr zurück, um seine Hose aufzureißen und herunterzustreifen und seinen Schwanz endlich aus seinem schmerzenden Gefängnis zu befreien. Er machte sich nicht einmal die Mühe, ganz aus seiner Hose zu steigen. Skylar hatte ihre Hose erst halb über ihre Hüfte gestreift, also ließ er sich auf die Knie fallen und kümmerte sich darum. Dann riss er ihr die Stiefel von den kleinen Füßen und fuhr mit den Händen die süßen Kurven ihrer nackten Beine hoch. Mit einer Hand auf seinem Kopf stützte sie sich wimmernd gegen den Baum und er konnte nicht widerstehen – er wollte unbedingt in ihr sein, doch erst musste er sie schmecken. Er legte sich eines ihrer schlanken Knie über die Schulter und tauchte mit seiner Zunge voran zwischen ihre Beine ab. Wieder kreischte sie auf, als die Magie von seiner Zunge geradewegs auf ihre Vagina übersprang, dann vergrub sie beide Hände in seinen Haaren und bäumte sich gegen seinen Mund. Er gab ihr alles, was sie wollte, labte sich an ihrer Süße und tauchte dann mit den Fingern in sie ein.

„*Ja!*“, keuchte sie. „Bitte, ja, bitte, hör nicht auf…“

Doch es kam ihm überhaupt nicht in den Sinn, aufzuhören. „Komm für mich, meine Liebste“, flüsterte er gegen die unglaublich weiche Haut ihrer

Schenkel und pumpte noch fester mit der Hand in sie hinein.

Sie schrie auf, ihre schmalen Glieder um Daniel geschlungen, ihn packend, sich an ihm festkrallend… bis sie schließlich so heftig gegen ihn bockte, dass er Mühe hatte, sie weiter gegen den Baum zu drücken. Süße Feuchte strömte aus ihr, als sie sich um seine Finger zusammenzog. Die Laute, die sie von sich gab, ihr Duft und ihr Geschmack… das war zu viel für ihn. Er zog seine Hand aus ihr heraus und stand in einer fließenden Bewegung auf. Er packte ihren heißen Hintern und zog sie vom Baum weg, aber sie hatte immer noch den Kopf in den Nacken gelegt, benebelt von dem magisch knisternden Orgasmus, den er ihr gerade besorgt hatte.

„Ich will in dir sein“, keuchte er und brachte seinen Schwanz zwischen ihren Beinen in Position, wartete aber noch ab. Er wollte sie erst wieder zu Sinnen kommen lassen. Wollte, dass sie ihn mit diesen wunderschönen grünen Augen ansah, damit er tief in diese hineinblicken konnte, wenn er in Skylar eindrang.

Sie hob den Kopf wieder und blinzelte. „Heilige Göttin, noch mehr?“

„So viel mehr“, knurrte er und liebkoste mit der

Nase ihre gerötete Wange. „Sag, dass du mich willst."

„Ich will dich." Sie rang immer noch nach Atem.

Sein Schwanz drückte gegen ihre süße Spalte. So feucht. Ein Schauer durchlief sie und ging dort, wo sie sich berührten, in magischen Funken auf ihn über. Er musste sich beherrschen, nicht sofort in sie zu stoßen. „Ich will dich hier und jetzt und ohne Kompromisse, Skylar. Aber ich will nicht, dass es danach vorbei ist. Ich will mehr von dir."

„Mehr?" Das Wort war fast nur ein Keuchen. Sie hatte eine Hand in seinen Haaren vergraben und mit der anderen seine Schulter ergriffen. Die Beine hatte sie um seine Hüfte geschlungen.

„Ich will dich für den Rest meines Lebens." Es war nur ein Flüstern. Und er wusste, dass es zu viel verlangt war. Viel zu viel. Doch weniger wollte er nicht.

Ihre Augen wurden groß. „Als Partnerin."

„Als Partnerin." Sein heißer Atem traf auf ihre Lippen, ohne dass er sie dort berührte. Er berührte sie lediglich mit den Händen auf ihrem süßen nackten Hintern und seinem Schwanz, der gegen ihre heiße, feuchte Vagina gedrückt war. „Ich kann dich einmal ficken und dann in Ruhe lassen. Oder ich kann dich für immer und ewig lieben."

Ihr Atem stockte und ihre Augen wurden glasig. „Für immer. Nimm mich für immer."

Ja. Die Freude, die ihn erfüllte, ließ seinen Wolf aufheulen. „Skylar", hauchte er mit so heiserer Stimme, dass es kaum mehr als ein Flüstern war. „Ich nehme dich zur Partnerin." Und mit diesen Worten wuchtete er sich nach oben in sie hinein.

Ihr Mund klappte auf. „Heilige Göttin", hauchte sie, als er bis zum Schaft in ihr verharrte. Die Magie ließ seinen gesamten Schwanz prickeln und er musste sich beherrschen, nicht auf der Stelle zu kommen. Wild griff sie nach seinen Schultern. „*So groß*. Du bist so verdammt groß. Daniel… *nimm mich.*"

Und das tat er. Wieder und wieder wich er leicht zurück und pumpte in sie hinein, jeder Stoß ein wunderbarer, magischer Genuss. Sie war so süß und so eng, er musste sich dermaßen stark in sie hineinrammen, dass er schon befürchtete, ihr wehzutun. Doch die Laute, die aus ihrem Mund kamen – das Stöhnen, das Wimmern und die Schreie – waren nichts als pure Lust.

„Ja! Ja!", schrie sie immer wieder und zog sich pulsierend um seinen Schwanz zusammen, als sie erneut kam. Doch dank irgendeiner ungeahnten Kraft in sich schaffte er es, seinen Höhepunkt noch hinauszögern… denn er hatte jede Absicht, Skylar Starling wahrlich zu seiner Partnerin zu machen.

Als er sich sicher war, dass er ihren Orgasmus lang und sinnlich ausgereizt hatte, zog er sich, steinhart und noch feucht von ihrem Liebesspiel, aus ihr heraus. Dann ließ er sie vorsichtig herab und wieder auf eigenen Beinen stehen. Er wich zurück. „Shifte für mich, meine Liebe“, sagte er mit den zeremoniellen Worten des Paarungsrituals.

„Was?“, fragte sie benommen und stützte sich am Baum ab, da Daniel sie nicht länger festhielt.

„Shifte für mich und unterwirf dich mir.“

Sie blinzelte und starrte ihn einen Moment lang an… bis sich schließlich ein langsames Lächeln auf ihrem Gesicht ausbreitete.

Und sie in die schönste und grazilste schwarze Wölfin shiftete, die er je gesehen hatte.

Kapitel Sechs

Ich fass es nicht, dass das gerade wirklich passiert, dachte Skylar.

Sie stand, mit ihren Klamotten neben sich auf dem Boden, in ihrer Wolfsgestalt vor Daniel Wilding… *und er wollte sie als seine Partnerin.*

Ihr Verstand kam kaum hinterher, den Wirbelsturm der Ereignisse zu verarbeiten – Daniel hatte akzeptiert, dass er zum Teil Hexer war, dann hatte sie ihm ihr Geheimnis offenbart, und jetzt blickte sie auf einen großen und stolzen weißen Wolf vor sich. Sein Wolf hatte sich verändert und war jetzt nicht mehr das schöne, zottelig schwarze Tier, das sie zuvor im Wald gesehen hatte, sondern stand in voller weißer Pracht mit erhobenem Kopf und in die Luft gestreckter Rute vor ihr. Ihre Wölfin wusste instinktiv, dass dies die Alphapose war.

Wollte sie das wirklich? Konnte sie sich diesem unglaublichen Mann tatsächlich so schnell hingeben… und das für immer? Doch ihr Verstand war ihr gerade keine große Hilfe, da er immer noch von den beiden wahnsinnigen Orgasmen benebelt war, die Daniel ihr mit seiner Zunge und seinem Schwanz gegeben hatte. Und jetzt wollte er ihr seine Liebe geben – *für immer*.

Allein die Erinnerung an seine Worte schickte einen Schauer durch sie.

Ja, das wollte sie. Mehr als alles andere auf der Welt. Sie zog ihre Rute ein, streckte ihre Pfoten aus und senkte den Kopf. *Die Unterwerfungspose*. Sobald sie diese Position eingenommen hatte, wurde sie von einer Woge der Magie erfasst, die von Daniel ausging und in ihr widerhallte. Er war ein unglaublich mächtiger Hexer, aber diese Energie – die Kombination seiner Hexen- und Wolfsmagie – ließ das Unterwerfungsband zwischen ihnen surren und gab Skylar ein Hochgefühl, das beinahe den Orgasmen gleichkam, die immer noch in ihrem Körper nachklangen.

Heilige Scheiße.

Erhebe dich, meine Liebe, ertönte Daniels Stimme

in ihrem Kopf und erschreckte sie kurz, doch Skylar richtete sich dennoch augenblicklich vom Waldboden auf.

Du bist mein Alpha, dachte sie mit einer Mischung aus Staunen und Entzücken.

Shifte für mich, Skylar, meine Liebe. Es war ein Alphabefehl, dem sie sich kaum widersetzen konnte, nicht dass sie das gewollt hätte. Sie shiftete in ihre Menschengestalt, fast schon wehmütig, dass sie ihre Wolfsformen schon wieder verließen – wie gerne hätte sie ihre Schnauze an seiner gerieben und wäre zusammen mit ihm durch den Wald gelaufen, als Rudel. Auch wenn das Rudel nur aus zwei Wölfen bestand, konnte sie es fühlen – sie waren nun ein *Rudel.*

Aber all ihre Gedanken an wölfischen Spaß verpufften, als sie nackt in Daniels Armen landete und sein Schwanz gegen ihren Bauch drückte, während er sie mit einem Kuss verschlang. Wieder stöhnte sie in seinen Mund und konnte sich kaum zusammenreißen. Wölfe waren für ihren unersättlichen Sexualtrieb bekannt, aber das hier war einfach irre. Er war immer noch bereit für mehr – und sie würde alles nehmen, was er ihr geben wollte.

Er unterbrach den Kuss und wich ein Stück zurück, um ihr in die Augen schauen zu können.

„Das ist deine letzte Möglichkeit, *Nein* zu sagen, meine Liebste."

„Nein? Warum um alles in der Welt sollte ich Nein sagen?" Sie hatte keine Ahnung, was er da redete.

Er atmete schwer, seinen harten Schwanz immer noch an sie gepresst. „Der Unterwerfungsbund dauert erstmal nur bis zum nächsten Vollmond an. Bis dahin sind wir aneinander gebunden, aber danach wärest du wieder frei. Doch wenn ich dich zu meiner Partnerin nehme…"

„Ich weiß, wie das funktioniert", sagte sie, plötzlich froh darüber, dass sie heimlich über Wölfe recherchiert hatte, nachdem sie erfahren hatte, dass sie selbst einer war. „Das Männchen beißt sein Weibchen und die Magie in seinem Blut bindet sie für immer aneinander. So sind sie bis ans Ende ihres Lebens gepaart."

Mit einem zärtlichen Ausdruck im Gesicht vergrub er seine Hand in ihrem Haar. „Und es ist nicht rückgängig zu machen. Du kannst es dir danach nicht anders überlegen, meine Liebste. Glaub mir, ich will das unbedingt – du kannst dir nicht vorstellen, wie sehr sich mein Wolf danach sehnt, dich zur Partnerin zu nehmen – aber ich weiß auch, wie schnell das alles geht. Du *musst* dir absolut sicher sein.“

Sie starrte in sein sorgenvoll zerfurchtes Gesicht. Er war so liebevoll, edel und stark. Und jetzt bereits der unglaublichste Liebhaber, den sie je gehabt hatte, und dabei hatten sie gerade erst zum ersten Mal Sex gehabt. Aber noch wichtiger – am *wichtigsten* – war, dass er wie kein anderer verstehen konnte, was sie war. Hexe und Wölfin in einem. Auf eine Art und Weise magisch, wie es nur wenige Wesen auf der Welt waren.

Und ein Teil ihrer Wölfin würde sterben, wenn sie jetzt nein sagte. Da war sie sich sicher.

„Ich habe nie etwas so sehr gewollt, wie deine Partnerin zu werden“, sagte sie mit einem schwachen Lächeln.

Daniels Gesicht strahlte förmlich.

„Aber eine Bedingung habe ich“, fügte sie hinzu.

Sein Lächeln verschwand. „Und die wäre?“

„Ich werde mich niemals als Wölfin outen“, sagte sie. „Ich kann niemals Teil eines Rudels sein, zumindest nicht öffentlich. Mein Hexenzirkel würde uns vernichten, wenn sie davon erfahren würden, Daniel.“

Ein harter Ausdruck trat in seine Augen. „Ich

werde aber auf keinen Fall meine Liebe für dich verbergen."

Das ließ eine unerwartete Freude in ihr aufwallen und ihr fiel es schwer, die nächsten Worte auszusprechen. „Das musst du auch nicht." Sie lächelte, um die Tränen zurückzudrängen. „Sie dürfen ruhig wissen, dass wir zusammen sind. Sie dürfen sogar wissen, dass du mich zu deiner Partnerin gemacht hast. Immerhin haben andere Hexen sowas auch schon getan. Das wird in meiner Familie zwar für Irritation sorgen, doch das ist mir egal. Aber bitte… sie dürfen nicht wissen, dass ich eine Wölfin bin. Es würde die Leute, die ich liebe, sehr verletzen. Und das will ich nicht. Ich werde dieses Geheimnis mit ins Grab nehmen."

Er sah sie mit solch ehrfürchtiger Bewunderung an, dass ihr nackter Körper von Kopf bis Fuß errötete. „Du beschützt sie."

„Ja." Sie konnte nicht verhindern, dass ihr eine Träne aus dem Augenwinkel kullerte.

Stirnrunzelnd wischte Daniel diese mit dem Daumen weg, wobei er einmal mehr herrlich magische Funken auf ihrer Haut entfachte.

Sie lehnte sich in seine Berührung. „Ich dachte, dieses Geheimnis zu bewahren würde bedeuten, dass meine Wölfin für immer traurig sein würde.

Für immer einsam. Stattdessen…“ Sie bekam einen Kloß im Hals und eine weitere Träne kullerte über ihre Wange. „Stattdessen habe ich den wundervollsten Mann gefunden, der mich versteht und zu seiner Partnerin nehmen will. Wenn du also meinst, dass ich mir sicher sein soll, dann kann ich dir nur sagen… dass ich dir bereits gehöre, Daniel Wilding.“

In seinen Augen lag mehr Liebe, als ihr je zuvor begegnet war. Dann küsste er sie und all ihre Tränen trockneten. Die Magie knisterte überall, als sie ihre nackten Körper aneinanderpressten und zwischen Skylars Beinen sammelte sich erneut Hitze, während Daniels Schwanz immer noch steif und beharrlich zwischen ihnen stand.

Er unterbrach ihren Kuss und flüsterte: „Dreh dich um. Halt dich am Baum fest. Ich werde dich jetzt *mein* machen.“

Dieses Wort jagte ihr einen Schauer über den Rücken, der nichts mit der kühlen Waldluft zu tun hatte, aber trotzdem ihre Brustwarzen hart werden ließ. Sie drehte sich in seinen Armen um, beugte sich vor, stützte sich an der rauen Baumrinde ab und presste ihren Hintern in Daniels Schritt. Stöhnend packte er ihre Hüfte und glitt mit seinem köstlichen Schwanz an ihr entlang, um ihn in Position zu bringen. Dann rammte er sich fest in sie hinein und ließ Skylar ein Keuchen entweichen. Sie hatte ihn zwar erst wenige Minuten zuvor in sich gespürt, trotzdem überwältigte es sie erneut, wie *groß* er war. Und durch die Magie, die zusammen mit ihm in sie glitt und immer wieder all ihre hochempfindlichen Nerven traf, dauerte es nicht lange, bis sie auf ihren nächsten Höhepunkt zuraste. Seine kräftigen Hände hielten sie fest, während er immer stärker in sie pumpte, und sein Knurren schickte eine Gänsehaut über ihren gesamten Körper. Dann beugte er sich vor und stützte sich auf ihren Schultern ab, um noch tiefer in sie hineinstoßen zu können.

Fast hätte sie ihren Halt am Baum verloren, so sehr versank sie in der Leidenschaft, die sich in ihr aufbaute, während Daniel sie mit einer animalischen Mischung aus Liebe und Lust nahm, die ihrem Hexenkopf ganz schwindelig werden ließ und ihren wölfischen Teil in Ekstase versetzte. Während er immer weiter in sie hineinstieß, konnte sie seinen rauen Atem auf ihrer Schulter spüren. Er küsste sie dort und plötzlich strich etwas Scharfes über ihre Haut.

Seine Fangzähne.

„Du gehörst *mir*", keuchte er mit seinen Lippen an ihrer Haut.

„Ja!“, schrie sie. Oh Gott, er würde es tun. Er würde sie zu seiner Partnerin machen.

„Ganz mein“, knurrte er. „Für immer mein.“

„Ja!“, flehte sie.

Wieder und wieder pumpte er in sie und trieb sie weiter auf ihren Höhepunkt zu, und gerade, als sie befürchtete, dass er seine Meinung geändert haben könnte, versenkte er seine Fangzähne in ihr. Der nadelstichartige Schmerz ließ sie aufschreien, doch gleichzeitig ließ der Biss einen Orgasmus in ihr explodieren, bei dem sich ihre Vagina um Daniels Schwanz herum zusammenzog und ihr gesamter Körper von einer Welle der Lust durchspült wurde. Er stöhnte auf, stieß ein letztes Mal tief in sie und verharrte dann dort, den Mund immer noch auf ihre Schulter gepresst, während sein heißer Samen in sie schoss und sich die wilde Magie seines Bisses in ihrem Körper ausbreitete. Sie hatte sich noch nie so vollkommen *vereinnahmt* gefühlt. So vollkommen *eins* mit einem Mann.

Seine Magie wirbelte in ihrem Blut und ließ sie in ungeahnten Höhen treiben.

Einen langen Moment verharrte er noch so und drückte sie weiter an den Baum, an zwei Stellen tief in ihr versunken… bis er sie schließlich langsam freiließ. Zuerst zog er seine Fangzähne wieder ein und dann glitt auch sein Schwanz aus ihr heraus. Augenblicklich vermisste sie das Gefühl, von ihm ausgefüllt zu werden. Das Gefühl, dass er *Besitz* von ihr ergriff. Wenn es nach ihr ginge, würden sie die nächste Ewigkeit irgendwo eingesperrt in einem Schlafzimmer verbringen – oder im Wald oder wo auch immer er mit ihr hingehen wollte – und unaufhörlich miteinander schlafen. Sich immer wieder paaren, voneinander lösen und dann erneut eins werden.

Daniels Atem ging immer noch schwer. Er drehte Skylar zu sich herum, kuschelte sie an seinen breiten Oberkörper, nahm eine ihrer Brüste in die Hand und senkte den Kopf, um ihr Gesicht mit Küssen zu übersäen.

„Ich bin der gottverdammt glücklichste Wolf der Welt," sagte er, während er sie beinahe ehrfürchtig ansah.

Sie legte ihm eine Hand auf die Wange. „Ich glaube, du kommst da nur an zweiter Stelle, mein heißer Wolfshexer."

„Oh, ich glaube nicht." Ein wunderbares Lächeln erhellte sein Gesicht.

Skylar zeichnete mit den Fingern seine Lippen nach, vertieft in den Gedanken, dass diese für immer ihr gehören würden. Genau wie dieser Mann für immer ihr gehörte.

„Mach weiter so und ich werde dich noch eine ganze Weile in diesem Wald festhalten“, sagte er mit halb geschlossenen Augen.

Ihre Augen wurden groß. „Wie ist das überhaupt möglich? Du bist ja unersättlich.“

„Nur bei dir.“ Dann brachte er ihr Herz mit einem Kuss zum Flattern, während seine Hände auf ihrem ganzen Körper wilde Magie entfachten. Und sie wusste, dass diese Magie niemals erlöschen würde.

Vielen Dank, dass ihr „Wild Magic“ gelesen habt. Obwohl die Geschichte um die Wilding Pack Wolves damit abgeschlossen ist, geht es schon bald mit einer neuen Serie weiter - haltet Ausschau nach der "Broken Souls"-Reihe, deren erster Teil - My Dragon Lord - Ende Februar 2021 erscheinen wird!

Liebe Grüße, Alisa

www.alisawoodsauthor.com

Alle Teile der "River Pack Wolves" Trilogie:

River Pack Wolves 1 - Jaxson

River Pack Wolves 2 - Jace

River Pack Wolves 3 - Jared

Wilding Pack Wolves:

Wilding Pack Wolves 1 - Wild Game

Wilding Pack Wolves 2 - Wild Love

Wilding Pack Wolves 3 - Wild Heat

Wilding Pack Wolves 4 - Wild One

Wilding Pack Wolves 5 - Wild Fire

Wilding Pack Wolves 6 - Wild Magic

Andere Übersetzungen von Michael Drecker:

Susan Kaye Quinn:

Open Minds – Gefährliche Gedanken (Mindjack #1)

Closed Hearts – Gefährliche Hoffnung (Mindjack #2)

Free Souls – Gefährliche Träume (Mindjack #3)

Locked Tight – Gefährliches Misstrauen (Mindjack #4)

Cracked Open – Gefährliche Spaltung (Mindjack #5)

Broken Wide – Gefährliche Freiheit (Mindjack #6)

E.M. Tippetts:

Nicht mein Märchen

Prinzessin in Not (Nicht mein Märchen 2)

Jagd nach dem großen bösen Wolf (Nicht mein Märchen 3)

Das tapfere Schwesterlein (Nicht mein Märchen 4)

In guten wie in schlechten Zeiten (Nicht mein Märchen 5)

Schlafloses Dornröschen (Nicht mein Märchen 6)

Break it Up (Nicht mein Märchen 2,5)

A Safe Space (Nicht mein Märchen 2,75)

E.M. Tippetts / Emily Mah:

Chasing Sunrise – Morgendämmerung (Chasing Sunrise 1)

Sarina Bowen

Kalte Nächte, Warme Herzen (Die Gravity Reihe 1)

Harter Fall, Weiche Landung (Die Gravity Reihe 2)

Printed in Poland
by Amazon Fulfillment
Poland Sp. z o.o., Wrocław

71866767R00078